DER FUND DES DRACHEN

Die Gefährten der Tahoe Drachen

Buch 6

JESSIE DONOVAN

Mythical Lake Press, LLC

Impressum

Deutsche Übersetzung von Anna Drago und Katrin Dolle
Mythical Lake Press, LLC
www.JessieDonovan.com

Cover-Art von Laura Hoak-Kagey von Mythical Lake Design

ISBN: 9798891560963

Bücher von Jessie Donovan

Die Stonefire-Drachen

Dem Drachen geopfert

Den Drachen verführen

Die Drachen offenbaren

Den Drachen heilen

Den Drachen wiedererwecken

Vom Drachen geliebt

Dem Drachen ergeben

Vom Drachen geheilt

Dem Drachen helfen

Den Drachen finden

Vom Drachen ersehnt

Den Drachen überzeugen

Vom Drachen geschätzt

Dem Drachen Vertrauen - erscheint demnächst

Lochguard Highland Drachen

Das Dilemma des Drachen

Der Drachenwächter

Das Drachenherz

Der Drachenkrieger

Die Drachenfamilie

Die Entdeckung des Drachen

Das Streben des Drachen

Das Drachenkollektiv

Die Chance des Drachen - erscheint demnächst

Stonefire Drachen Universum

Skyhunter gewinnen

Snowridge Verwandeln

Die Gefährten der Tahoe-Drachen

Die Wahl des Drachen

Das Bedürfnis der Drachenfrau

Ein Drache zum ersten, zum zweiten…

Die Bürde des Drachen

Die Schwäche des Drachen

Der Fund des Drachen

Die Überraschung des Drachen - erscheint demnächst

Kapitel Eins

Jennifer „Jenny“ Hartmann wusste nicht, ob sie schreien, weinen oder vielleicht ein bisschen von beidem tun sollte.

Mit den Handballen hämmerte sie auf das Lenkrad ein und murmelte: „Wie konntest du mir das antun, nach allem, was wir zusammen durchgemacht haben?“

Als könnte ihr zwanzig Jahre altes Auto sie hören und antworten.

Zugegeben, sie hatte gewusst, dass es in die Werkstatt musste. Seit etwa drei Wochen leuchtete eine kleine rote Kontrollleuchte. Allerdings hatte sie, seit sie letztes Jahr ihren Job als Lehrerin verloren hatte und gezwungen gewesen war, zu ihrer Schwester zu ziehen, kaum Geld für irgendwas – und ganz sicher nicht für Autoreparaturen.

Und ja, vielleicht hätte sie nicht versuchen sollen, den Berg hinaufzufahren, wo es kalt war und bald schneien sollte – und das auch noch in einer Schrottkarre.

Aber als die Familie ihres Schwagers Jenny ihre Berghütte für eine Woche angeboten hatte, damit sie Zeit hatte, darüber nachzudenken, was sie mit ihrem Leben anfangen sollte, und endlich aufhörte, sich in Selbstmitleid zu suhlen, hatte sie das Angebot einfach nicht ausschlagen können.

Nicht einmal die übliche sarkastische Bemerkung ihrer Schwester darüber, was für ein großartiges Offroad-Fahrzeug ihr Auto doch sei, hatte sie umstimmen können.

Nein, Jenny hatte ein bisschen Ruhe und Frieden gewollt, oder besser: gebraucht. Vor allem hatte sie aufhören wollen, über ihre Geldprobleme nachzudenken, über ihren Arschloch-Ex-Freund oder darüber, dass sie keinen Job fand, um das zu tun, was sie liebte.

Also hatte sie es mit ihrem Auto riskiert – der alten Bessie, wie ihr Stiefvater es genannt hatte, bevor er es ihr zu ihrem neunzehnten Geburtstag geschenkt hatte – und es war nach hinten losgegangen.

Sie blickte nach unten und auf ihr Handy. Doch nichts hatte sich geändert – kein einziger Balken Empfang, und der Akku war gefährlich leer.

Oh, und natürlich hatte sie auch ihr Ladegerät vergessen.

Seit wann bin ich so verpeilt?

Sie kannte die Antwort, aber sie würde diesen

Weg nicht noch einmal einschlagen. Ihr Ex, Corey, konnte sie mal.

Sie ließ ihren Blick über die Umgebung schweifen, ignorierte den fallenden Schnee und hoffte auf eine Seitenstraße, ein Schild oder irgendetwas, das andeutete, dass sie sich in der Nähe irgendeiner Form von Zivilisation befand.

Andernfalls müsste sie in ihrem Auto sitzen bleiben und hoffen, nicht zu erfrieren, bis jemand anderes es riskierte, auf diesen vereisten Straßen zu fahren.

Fröstelnd seufzte sie und warf ihr nutzloses Handy auf den Beifahrersitz. Denk nach, Jenny. *Es muss doch was geben, das du tun kannst, außer hier zu sitzen und zu einem menschlichen Eis am Stiel zu werden.*

An dieser Straße lag eine Touristenstadt, auch wenn sie nicht wusste, wie weit sie entfernt war. Wenn es nicht schneien und der Sonnenuntergang nicht nur noch eine Stunde entfernt gewesen wäre, wäre sie vielleicht losgelaufen und hätte es gewagt.

Doch es würde nicht nur bald dunkel und eisig kalt werden – irgendwo auf diesem Berg lebte auch ein Drachenclan.

Sie fürchtete Drachenwandler nicht direkt, aber sie wusste, dass manche von ihnen Menschen nicht mochten. Und sie hatte Geschichten gehört, in denen behauptet wurde, sie entführten Menschen und hielten sie als Ehefrauen und Gebärmaschinen oder sowas in der Art.

Angesichts all dieser Geschichten fragte sie sich, warum sich überhaupt jemand für diese Tahoe-

Drachengefährten-Lotterie bewarb, von der sie ab und zu hörte.

Während Jenny ihre Jacke bis zum Kinn zuzog, seufzte sie und starrte hinaus auf die schneebedeckte Landschaft des Kiefernwaldes. Sie würde es wagen müssen, die Straße entlangzugehen. Vielleicht würde sie erfrieren, aber wenigstens würde sie dann etwas tun und nicht einfach nur auf ihrem Hintern sitzen und darauf warten zu sterben.

Warum lebte sie nicht irgendwo, wo es warm war, wie in Arizona?

Sie schnappte sich ihre Handtasche, ihr Handy – nur für den Fall, dass sie doch noch Empfang fand, bevor der Akku endgültig den Geist aufgab – und zog so viele warme Kleidungsstücke aus ihrem Koffer an, wie sie übereinanderschichten konnte, bevor sie sich auf den Weg machte.

Mit jeder Minute fiel der Schnee dichter, ihr Herz pochte, und ihre kalten Handflächen waren dennoch feucht vor Schweiß. Würde sie wirklich so sterben? Allein erfrieren, mittellos und von allen vergessen – sogar von ihrer Schwester und deren Familie?

Hör auf damit, Jenny. Dunkle Gedanken würden ihr nicht helfen. Doch während sie langsam die Bergstraße hinauf stapfte, ließ jedes Geräusch, jede Bewegung, jedes Auftauchen von Farbe sie misstrauischer werden. Bei ihrem Glück würde sie am Ende noch entführt oder ermordet werden.

Doch da sie nicht aufgeben wollte, stapfte Jenny weiter, die Arme um ihren Körper geschlungen, entschlossen, diese kleine Stadt zu finden und wieder warm zu werden.

Daniel Torres schob im Gehen die Hände in die Taschen seiner Jacke und hielt Ausschau nach Fußspuren, abgebrochenen Ästen oder irgendeinem Hinweis auf die Eindringlinge, die die äußeren Grenzen des Clanlands verletzt hatten.

Normalerweise war er schneller darin, jemanden aufzuspüren, doch der heftige Schneefall – der schnell immer dichter wurde – machte alles zu einem verdammten Kraftakt. In diesem Tempo würde er mit leeren Händen zu seiner Hütte zurückkehren und noch ein paar Tage am Rand des Territoriums von Clan MirrorPeak verbringen müssen.

Es wird schon nicht so schlimm. Als hätten wir zu Hause viel, was auf uns wartet.

Fang damit gar nicht erst wieder an, Drache. Ich habe es nicht eilig, meine Gefährtin zu finden.

Sein Tier schnaubte. *Wir sind fünfunddreißig Jahre alt, und es wird höchste Zeit, nach ihr zu suchen. Oder zumindest eine Frau zu finden, die wir öfter als einmal im Jahr küssen und ficken können.*

Daniel brummte. *Vielleicht fahren wir nach Tahoe und suchen uns eine willige Menschenfrau. Aber erst, nachdem wir die neusten Eindringlinge gefunden haben. Die Liga ist in letzter Zeit dreister geworden, und ich werde den Clan nicht in Gefahr bringen.*

Mit der Liga meinte er AHOL – die *America for Humans Only League*. Arschlöcher, die alle Drachenwandler aus den USA vertreiben und eine menschliche Utopie oder so einen Schwachsinn erschaffen wollten.

Jahrelang hatten die Clans im Großraum Tahoe sie weitgehend ignoriert. In letzter Zeit jedoch waren ihre Angriffe dreister, umfassender und gefährlicher geworden.

Deshalb nahm sein Clan Eindringlinge inzwischen ernster. Und da Daniel der beste Fährtenleser des Clans war, verbrachte er viel Zeit in der abgelegenen Hütte am Rand von MirrorPeak. Normalerweise störte ihn das nicht, aber seinem Drachen gefiel sein weitgehend zölibatäres Leben nicht.

Daniel dagegen war es leid geworden, mit Frauen zu schlafen, die ihm am nächsten Tag nichts mehr bedeuteten. Er war schon immer der Typ gewesen, der entweder seine wahre Gefährtin gewollt hatte – oder niemanden. Also hatte er nie gedatet, nur rumgefickt, und die Suche nach der Frau, die vielleicht seine beste Chance auf Glück war, aufgeschoben. Sein Job war zu wichtig, um sich ablenken zu lassen, besonders angesichts der verschärften Bedrohung durch die Liga.

Das ist nur eine Ausrede. In diesem Tempo wirst du sie nie finden. Sobald wir diese Bedrohung erledigt haben, wirst du dir mehr Mühe geben. Ich würde es ja selbst machen, aber ich neige dazu, Leute zu verschrecken, wenn ich die Kontrolle übernehme.

Wenn sein inneres Tier in menschlicher Gestalt die Oberhand gewann, knurrte er, bellte Befehle und besaß nichts von der Subtilität, die seine menschliche Hälfte auszeichnete. Selbst wenn die Drachenhälfte versuchte, weniger zu reden und mehr zu lächeln, machte sie den Menschen meistens Angst.

Daniel wünschte sich, es wäre anders, denn wenn er irgendwann bereit war, sich häuslich niederzulassen, würde er die Gefährtinnensuche nur zu gern seinem Drachen überlassen. Nur, dass sie wahrscheinlich beim ersten Knurren davonliefe.

Mit einem Seufzen zog er sein Handy aus der Tasche und warf einen Blick auf die Uhr. Er konnte noch eine halbe Stunde suchen, bevor er zu seiner Hütte zurückmusste, um sich beim Clan zu melden – hier draußen war der Empfang beschissen.

Ja, er hatte ein Satellitentelefon, aber das ließ er in der Hütte – die Dinger waren verdammt teuer, und er wollte nicht riskieren, es in einer Schneeverwehung zu verlieren.

Er stapfte weiter durch die Bäume, bis er schließlich eine weibliche Stimme rufen hörte: „Natürlich muss ich hinfallen und mir das Knie aufschürfen! Das ist der beschissenste Tag aller Zeiten! *Fuck my life!*“

Daniel runzelte die Stirn, horchte und ging auf die Stimme zu. Während sie weiter vor sich hin fluchte, erreichte er schließlich den Waldrand neben der Hauptstraße und blieb einen Moment stehen, um sich umzusehen.

Mitten auf der vereisten Straße versuchte eine Frau verzweifelt, aufzustehen. Sie war klein und kurvig, mit Haar, das etwa schulterlang, aber in ungleichmäßigen Stufen geschnitten war. Und als ihr Duft zu ihm herüberwehte, wusste er, dass sie ein Mensch war.

Als sie auf dem Eis ausrutschte und auf dem Po landete, knurrte sein Drache: *Geh ihr helfen!*

Woher weißt du, dass sie kein Feind ist? Es könnte eine Falle sein.

Vielleicht. Aber wenn sie weiter so ausrutscht, bricht sie sich noch das Genick. Und falls sie unschuldig ist – willst du das auf deinem Gewissen haben?

Sein Drache hatte recht. Er konnte nicht zulassen, dass sich die dumme Menschenfrau selbst umbrachte. Wenn sie unschuldig war, wäre es eine gute Tat – vielleicht brachte ihm das Bonuspunkte beim *American Department of Dragon Affairs*, besser bekannt als ADDA. Und wenn sie ein Feind war? Nun, dann würde er es herausfinden und sie ordentlich verhören.

Der Vorteil war, dass seine abgelegene Hütte nichts mit MirrorPeak verband – außer ihm und seinem Handy.

Und das würde er mit seinem Leben beschützen.

Er zog die Hände aus den Taschen und trat auf die Straße. Die Menschenfrau sah ihn, schnappte nach Luft und versuchte, auf allen Vieren von ihm wegzurutschen. „Bitte, bitte, lassen Sie mich einfach in Ruhe. Ich bin pleite und mir ist so kalt, dass Sie zu Eis erstarren würden, wenn Sie mich anfassen. Wirklich, ich bin es nicht wert. Ich gehe einfach weiter und sage niemandem, dass ich Sie gesehen habe."

Daniel runzelte die Stirn. „Wovon zum Teufel reden Sie?"

Doch sie rutschte weiter zurück und wurde dabei nur noch nasser und kälter. „I-ich will nur in die Stadt."

Er blieb stehen, und sein Drache sagte: *Wir wirken auf Fremde vielleicht ein bisschen einschüchternd. Versuch, nett zu ihr zu sein.*

Die Frau keuchte. „Sie sind ein Drachenwandler!"

Er seufzte. „Ja, danke, dass Sie mich daran erinnern, falls ich es nach all den Jahrzehnten vergessen haben sollte."

Ein Teil der Angst verschwand aus ihrem Blick, aber nicht alles. In gedehntem Ton sagte sie: „Sarkasmus verstehe ich dank meiner Schwester wie eine zweite Sprache. Das können Sie sich also sparen." Sie schlug sich die Hand vor den Mund. Und während ein Mensch ihr nächstes Flüstern vermutlich nicht gehört hätte, tat er es. „Das hätte ich nicht sagen sollen. Jetzt wird er Lösegeld für mich fordern."

„Oh, verdammt nochmal!" Er hob beide Hände, um zu zeigen, dass er nichts darin hielt. „Ich werde Sie weder töten noch erpressen noch irgendwas anderes tun, außer Ihnen zu helfen. Aber wenn Sie weiter so melodramatisch sind, drehe ich vielleicht einfach um und lasse Sie hier erfrieren."

Er würde es nicht tun, aber das wusste sie nicht. Wenn er sie dazu bringen konnte, vernünftig zu sein, würde alles gut werden.

Natürlich war vernünftig vielleicht zu viel verlangt, besonders, als sie die Augen zusammenkniff und knurrte: „Ich bin nicht melodramatisch. Versuchen Sie mal, als Frau allein auf einer leeren Straße im Dunkeln irgendwohin zu gehen. Und dann nehmen Sie mein beschissenes Leben in letzter Zeit dazu – da ist es fast unvermeidlich, dass ich damit rechne, dass Sie mich in Stücke schneiden und im Garten verscharren. Vielleicht mit einem Rosenbusch drüber, als Trophäe. Machen Serienmörder das nicht so?"

Sein Drache lachte. *Sie ist irgendwie lustig. Wenn auch unfreiwillig.*

Nein, sie ist lächerlich.

Ohne seinem Tier Zeit für eine Antwort zu geben, sagte er: „Hören Sie – entweder Sie beruhigen sich und erzählen mir, was passiert ist, oder ich drehe um und überlasse Sie den Bären."

Ihre Augen wurden groß. „Hier gibt es Bären?"

Sie hielten Winterschlaf, aber offenbar war sie nicht von hier und wusste das nicht. „Ja. Leider keine Wölfe. Das wäre ein dramatischeres Ende für Sie, was Ihnen sicher gefallen würde."

Sie kniff wieder die Augen zusammen. „Also hören Sie mal, Mr. Drachenmann. Das hier ist der schlimmste Tag meines Lebens, vielleicht aller

Zeiten. Mein letztes Jahr war beschissen – ich habe meinen Job verloren, habe einen Arschloch-Ex, der nur bei mir geblieben ist, solange ich ihn finanziell unterstützt habe, und musste bei meiner Schwester einziehen. Und jetzt? Jetzt erfriere ich mitten auf der Straße und ende wahrscheinlich als menschliches Eis am Stiel für einen Bären oder sonst irgendwelches wildes Getier."

Und dann begann sie zu weinen.

Daniel blinzelte und überlegte, was er tun sollte. Weinende Frauen waren definitiv seine Schwäche. Doch diese hier war ein wenig… aus dem Gleichgewicht, und er war sich nicht sicher, ob seine üblichen Methoden zur Beruhigung funktionieren würden.

Trotzdem machte er einen Schritt auf sie zu und versuchte zu überlegen, was er tun konnte, ohne alles noch exponentiell schlimmer zu machen.

Kapitel Zwei

Jenny konnte die Male, die sie in der Öffentlichkeit geweint hatte, an einer Hand abzählen. Sie mochte es nicht, der Welt diese Art von Schwäche zu zeigen, und hob sich sowas normalerweise für die sichere Umgebung ihres Schlafzimmers auf.

Aber das Drängen des Drachenmannes, seine Sticheleien, dass sie eine Drama-Queen sei, dazu ihr pochendes Bein und diese verdammte Kälte – es war einfach zu viel gewesen.

Und so schluchzte sie jetzt mitten auf der Straße, vor einem völlig Fremden, und konnte einfach nicht aufhören.

Sie nahm am Rande wahr, dass der große Drachenwandler näher kam, aber es war ihr längst egal. Wenn er sie töten wollte oder vergewaltigen oder was auch immer – sie hätte ihn sowieso nicht aufhalten können. Sie hatte sich beim Sturz das Knie angeschlagen, schaffte es nicht, aufzustehen und hatte nicht einmal einen Bleistift, um ihm damit ins Auge zu stechen.

Oder was auch immer in Filmen funktionierte.

Bevor sie sich's versah, war der Drachenwandler vor ihr in der Hocke und legte ihr sanft eine Hand auf die Schulter. Sie zuckte zusammen, doch er sagte leise: „Schon gut. Ich glaube, Sie müssen sich einfach aufwärmen und was essen. Ich habe eine Hütte in der Nähe. Sagen Sie nur ein Wort, und ich trage Sie dorthin."

Sie rang so lange um Fassung, bis aus ihren Schluchzern nur noch Schniefen wurde, und holte ein Taschentuch heraus, um sich die Nase zu putzen. „I-ich sollte nicht."

„Nun, vielleicht nicht. Besonders wenn Sie mich für einen Mörder halten – dann würden Sie freiwillig in die Höhle des Löwen gehen. Oder sollte ich sagen: in die Drachenhöhle?"

Sie suchte seinen Blick, sah, wie sich seine Pupillen zu Schlitzen verengten und wieder rund wurden. Seltsamerweise beruhigte sie das mehr, als dass es ihr Angst machte. „Sollte das ein Scherz sein?"

Er zuckte mit den Schultern. „Vielleicht."

Er lächelte – und es verwandelte sein ganzes Gesicht von bedrohlich in atemberaubend attraktiv. Jetzt erst nahm sie seine Züge richtig wahr: sanft gebräunte Haut, schwarzes Haar, tiefbraune Augen.

Mit seiner Größe und den Muskeln war er auf einem völlig neuen Level. Einfach verdammt sexy.

Offenbar stimmten die Gerüchte, dass

Drachenwandler viel zu gut aussahen für ihr eigenes Wohl.

Sie schüttelte den Kopf und verdrängte die Anziehung, die sie spürte – sie war ehrlich genug, sich einzugestehen, dass sie ihn verdammt heiß fand – und versuchte, rational zu sein, so rational wie eben möglich an diesem beschissenen Tag. „Warum wollen Sie mir helfen?“

Er lächelte nicht, zwinkerte nicht, spielte nicht den Charmeur. Nein, er brummte nur. „Weil Sie verletzt sind, und es mein Job ist, denen zu helfen, die Hilfe brauchen.“

Jenny durchforstete ihr Gedächtnis nach dem, was sie über Drachen und ihre Clanstrukturen wusste. In der Schule wurde ein bisschen darüber unterrichtet, aber eher in der Oberstufe. Als Grundschullehrerin hatte sie meist Legenden, ihr Erscheinungsbild oder andere Basics behandelt.

Als könne er ihre Gedanken lesen, fügte er hinzu: „Ich bin Beschützer des MirrorPeak-Clans. Im Grunde eine Art Sicherheitsmann – nur besser. Ich habe ein paar menschliche Filme gesehen, und ich stolpere definitiv nicht hilflos herum und lasse Bösewichte aus dummen Gründen laufen. Zum Beispiel, weil ich auf eine rührselige Geschichte reinfalle.“

Zum ersten Mal an diesem Tag lächelte sie. „Was, zu enge Uniformen oder Tollpatschigkeit gehören nicht zu Ihren Jobanforderungen?“

„Auf keinen Fall. In meiner menschlichen

Gestalt trage ich, was ich will. In meiner Drachengestalt trage ich gar nichts.“

Ihre Wangen wurden heiß. Für einen Sekundenbruchteil fragte sie sich, wie Mr. Sexy-Sicherheitsmann unter all den Schichten aussah.

Hör auf damit, Jenny. Anziehung hatte sie zu Corey geführt und zu einer ganzen Reihe schlechter Entscheidungen. Diesmal würde sie ihre Libido im Zaum halten, komme, was wolle.

Er sprach weiter. „Jedenfalls ist es im Moment zu kalt, um sich auszuziehen und zu wandeln – ganz zu schweigen davon, dass es unpraktisch wäre. Ich würde auf dem Eis ausrutschen und käme nie in die Luft. Aber meine Stiefel haben Profil, und wenn Sie einverstanden sind, trage ich Sie zu meiner Hütte und helfe Ihnen. Ich verspreche, Sie nicht in Stücke zu schneiden und an die Bären zu verfüttern.“

Dass er darüber scherzte, beruhigte sie seltsamerweise.

Was vermutlich dumm war. Aber welche Wahl hatte sie schon? Kein Auto, kein Empfang, ein verletztes Knie – und sie wusste nicht einmal mehr, wie sich Wärme anfühlte.

Sie konnte entweder weiterstapfen, bis sie irgendwann zusammenbrach und erfror, oder das Risiko eingehen, mit dem Drachenmann mitzugehen.

Es gab nur eine Entscheidung. Trotzdem stellte sie noch eine Frage: „Haben Sie ein funktionierendes Telefon? Vielleicht Festnetz?“

Er schüttelte den Kopf, und ihr Magen sackte

ihr in die Kniekehlen. Dann sagte er: „Nein. Aber ich habe ein Satellitentelefon in der Hütte, das Sie benutzen können."

Sie richtete sich auf. „Wirklich? Das ist die erste gute Nachricht heute. Verdammt, vielleicht die erste dieses Jahr."

Als er sie etwas seltsam ansah, wurde ihr klar, dass sie es wieder tat – ohne Filter reden. Im Klassenzimmer hatte sie sich im Griff gehabt, außerhalb eher weniger. *Die meisten Leute wollten nicht ungefragt von deinem beschissenen Leben hören.*

Sie musste sich bei diesem Mann zusammenreißen. Bis sie mehr über den Drachenwandler wusste, wollte sie nicht zu viele Details preisgeben. „Ich heiße Jennifer. Oder Jenny. Nennen Sie mich nur bitte nicht Jen."

Mist! Warum bot sie so viele Alternativen an? Sie musste ihren Mund wirklich besser unter Kontrolle bekommen.

„Warum nicht Jen?"

Weil Corey sie so genannt hatte. Oder vielmehr: „Jen, Baby." Aber das würde sie ihm sicher nicht erzählen. „Ich mag es einfach nicht."

Er zuckte mit den Schultern. „Mir auch recht. Jenny ist kürzer als Jennifer, also nehme ich das. Ich bin Daniel."

„Darf ich dich Danny nennen?"

Er knurrte. „Nein."

Bei dem Aufblitzen seiner Drachenaugen hob sie die Hände. „Okay, okay, dann also Daniel." Sie streckte ihm die Hand entgegen. „Freut mich."

Vielleicht war es nicht klug, einem Fremden gegenüber so freundlich zu sein, aber ihr war so kalt, dass ihr Gehirn nicht auf Hochtouren lief.

Zu ihrer Überraschung schüttelte er ihre Hand, hielt sie fest und stand auf. Sanft zog er sie hoch, und sie stolperte gegen seine breite, harte Brust.

An ihn gelehnt hob sie den Blick – und holte scharf Luft. Aus der Nähe waren seine Augen unglaublich hypnotisierend. Und sein Duft – Mann und etwas anderes –, als sie den bemerkte, wäre sie am liebsten auf Zehenspitzen gegangen und hätte ihn geküsst.

Was zum …? Sie wandte den Blick ab. Wenn sie ohne Hilfe hätte stehen können, hätte sie Abstand zwischen sie gebracht.

Doch der Drachenmann legte die Hände nur fester um ihre Hüften. „Bist du okay?“

Nicht wirklich. Sie war gerade im Begriff gewesen, einen Fremden zu küssen.

Offenbar hatte sie nichts gelernt.

Sie räusperte sich. „Mein Bein tut ein bisschen weh.“

„Dann lass mich dich tragen.“

Bevor sie protestieren konnte, hob er sie hoch. Sie hatte keine Wahl, als die Arme um seinen Hals zu schlingen. Und für einen Sekundenbruchteil verfluchte sie den Schal zwischen ihren Händen und seiner Haut.

Dieser Schal war vermutlich lebensrettend – denn wenn sie seine warme Haut berührt hätte, hätte sie vielleicht gestöhnt.

„Danke“, murmelte sie und zwang ihre Wangen, nicht zu glühen.

Er brummte nur und trug sie in den Wald. Je tiefer sie kamen, desto größer hätte ihre Angst werden sollen. Stattdessen jedoch fühlte sie sich seltsam geborgen und schmiegte sich mehr an ihn, bis es ihr schwerfiel, die Augen offen zu halten.

„Nicht einschlafen.“

Als sie seinen Befehlston hörte, blinzelte sie. „Du klingst wie ein Soldat, ein Kommandant oder so.“

„Ich habe in der Air Force gedient. Außerdem haben manche Drachenwandler mehr Dominanz als andere. Ich stehe ziemlich weit oben auf der Skala.“

Natürlich war er ein Super-Alpha oder was auch immer. Zumindest war er bisher nett und hatte sie nicht klein gemacht, nur um cool oder überlegen zu wirken. Sowas hatte sie nie beeindruckt. Besonders nach Coreys jahrelanger Kritik.

Verdammter Corey. Schon wieder in ihren Gedanken.

Die Stille zog sich. Normalerweise konnte Jenny nicht aufhören zu reden – eine ihrer vielen Schwächen – doch ihr war so kalt, so unendlich kalt, dass sie sich kaum auf etwas anderes konzentrieren konnte.

Fröstelnd schmiegte sie sich enger an Daniel. Er hielt sie fester. Oder sie bildete es sich ein. Doch als er sagte: „Da ist die Hütte“, seufzte sie erleichtert. Wenn sie noch länger in seinen großen, muskulösen Armen blieb, würde sie etwas sehr, sehr Dummes tun. Seine stoppelige Wange berühren. Seine festen Lippen nachzeichnen. Oder sich vorbeugen und noch mehr von seinem Duft einatmen.

Jenny hoffte nur, dass sie schnell jemanden erreichen konnte, der sie abholte. Sonst würde sie eine Kurzschlusshandlung begehen und sich in ernste Schwierigkeiten bringen. Die Gesetze zwischen Menschen und Drachenwandlern waren kompliziert, und sie wollte sich wirklich nicht mit den Feinheiten beschäftigen.

Nein. Sie musste ihre Schwester anrufen, sich abholen lassen und nach Hause fahren, um ihr Leben wieder in den Griff zu bekommen. Das war ihr Ziel. Nichts anderes.

Doch um sich eine Erinnerung zu schaffen – wie oft war man schon in den Armen eines Drachenwandlers? –, atmete sie heimlich seinen würzigen, männlichen Duft ein und seufzte. Noch nie hatte ein Mann so gut gerochen. So gut, dass sie für immer in seinen Armen bleiben wollte.

Ja. Sie steckte definitiv schon tief in Schwierigkeiten.

Daniel hatte den warmen, weichen Körper in seinen Armen auf dem ganzen Weg zur Hütte genossen. Die meisten Drachenwandler waren groß und schlank, doch die Menschenfrau war kleiner und an genau den richtigen Stellen weich. Er versuchte krampfhaft, sie sich nicht nackt vorzustellen. Nicht daran zu denken, wie er jede Kurve und jede Senke erkunden würde, bevor er schließlich ihre Schenkel auseinanderschob, sie kostete und sie den beschissenen Tag vergessen ließ.

Ja. Das gefällt mir. Ich will sie nackt unter uns. Schnell. So wie sie an uns schnuppert, ist sie sicher dabei.

Das war ihm auch aufgefallen. Genauso wie die Tatsache, dass sie sich unterwegs enger an ihn geschmiegt hatte. Es war seltsam. Er hatte schon öfter Menschen gerettet – arbeitete gelegentlich auch mit den menschlichen Behörden zusammen, wenn jemand gestürzt war oder sich am Berg verirrt hatte – doch sie zu tragen oder zu halten war nie mehr gewesen als die nächste Aufgabe.

Und doch wollte er Jenny nicht loslassen.

Was wirklich absurd war. Er hatte sie gerade erst kennengelernt. Sie war ein wenig dramatisch für seinen Geschmack – und sie war ein Mensch. Und sein Clan hatte mit Menschen nicht gerade Glück gehabt. Ihr letzter Versuch mit der Tahoe-Gefährtenlotterie hatte damit geendet, dass beide Menschen gegangen waren – die Frau hatte ihr Baby abgegeben, und der Mann hatte die Drachenfrau geschwängert und sich dann verdrückt.

Er hatte gehört, dass es für Clan PineRock besser gelaufen war. Deren Menschen waren geblieben. Glücklich. Verliebt.

Nicht, dass er an Liebe dachte. Oder an eine Gefährtin. Oder an irgendeinen solchen Unsinn.

Warum nicht? Vielleicht gehört sie zu uns. Sie riecht gut, fühlt sich richtig an und würde das Leben interessant machen. Du musst sie nur küssen, um es herauszufinden.

Ja, und dann einen Gefährtenrausch auslösen, falls sie tatsächlich seine wahre Gefährtin war. Was ihn verrückt nach ihr machen würde, und sie müsste ihn bewusstlos schlagen und weglaufen.

Und Gefährtenrausch bedeutete, dass er sie würde ficken wollen, bis sie schwanger war. Und wenn sie das nicht wollte? Dann müsste sie fliehen, und er würde ein Jahr oder länger leiden und eingesperrt sein, bis sein Drache sich beruhigte.

Und Daniel würde seinen Clan nicht so enttäuschen.

Er erreichte die Veranda und warf einen Blick auf die Außenlampe. Es war noch nicht ganz dunkel, aber er hatte sie vorsichtshalber angelassen. Entweder war die Birne durchgebrannt – oder der Strom war ausgefallen.

Das kam hier draußen häufig vor. Doch heute hoffte er, dass es nicht so war. Er mochte den Gedanken nicht, Jenny frierend und zitternd zu sehen und ihr nicht helfen zu können.

Er schloss auf und ging hinein. Drinnen war es wärmer als draußen – aber kälter, als es sein sollte. Er legte den Lichtschalter um. Nichts. Daniel fluchte.

„Das klang nicht gut. Was ist los?"

„Nun, es scheint, als würde dein schlechter Tag nicht besser werden – der Strom ist weg."

Sie seufzte und legte den Kopf an seine Brust. Er mochte ihr warmes Gewicht dort. „Das passt.

Wahrscheinlich brennt die Hütte noch ab, und ich sterbe heute so oder so."

Er legte jede Spur von Dominanz in seine Stimme. „Nein, wirst du nicht."

Sie sah zu ihm auf. „Warum habe ich das Gefühl, dass ich dir glauben sollte?"

„Weil ich mein ganzes Leben auf diesem Berg verbracht habe und weiß, wie man hier überlebt."

„Mag sein. Aber du bist ein Drachenwandler. Menschen sind ein bisschen empfindlicher, glaube ich."

Sie ist definitiv empfindlich. Ich sage immer noch, wir sollten sie ausziehen und jeden Zentimeter anbeten. Wenn wir ein ordentliches Feuer machen, friert sie nicht.

Feuer ja. Der Rest? Auf keinen Fall.

„Worüber redest du eigentlich mit deinem Drachen? Das bedeutet doch dieses Aufblitzen der Pupillen, oder?"

„Ja. Und nein, mein Drache hat nicht vor, dich zu fressen."

Ich hätte nichts dagegen, ihre süße Pussy zu kosten.

Bei dem Gedanken an sein Gesicht zwischen ihren Schenkeln, ihre Finger in seinem Haar, ihr Stöhnen – regte sich sein Schwanz.

Er verbannte das Bild sofort. Er würde ganz sicher keinen Ständer bekommen, während er sie noch in den Armen hielt.

Er ging zum Kamin, setzte sie in den Sessel dort und warf ihr eine Decke zu. Dann hockte er sich vor den Kamin. Eine simple Aufgabe würde ihn von ihren leisen Seufzern ablenken, während sie sich in den Sessel sinken ließ.

Ignorier' sie nicht so. Ich mag sie.

Nach so kurzer Zeit?

Ich mag sie einfach.

Sein Magen zog sich zusammen. Das frühe Interesse seines Drachen war kein gutes Zeichen.

Das Vernünftige wäre, zu fragen, ob Jenny seine wahre Gefährtin war. Doch er unterdrückte den Gedanken sofort, damit sein Drache ihn nicht hörte, und konzentrierte sich ausschließlich darauf, ein Feuer zu machen.

Doch ihre leisen Seufzer und der zufriedene Laut, als sie in die Wärme der Decke sank, trafen ihn direkt im Schritt.

Sein Drache richtete sich auf, doch Daniel ignorierte sowohl sein Tier als auch die Menschenfrau so gut es ging.

Das würde eine verdammt lange Nacht werden. Ohne Strom, ohne Möglichkeit, jemanden zu rufen – die Straßen waren zu gefährlich –, blieb ihm nichts anderes übrig, als die Nacht hier mit ihr zu verbringen.

Aber er würde so viel Abstand wie möglich halten. Und er würde sie ganz sicher nicht küssen.

Wir werden sehen.

Nein, Drache. Ich halte sie einfach nur am Leben und warm. Mehr nicht.

Hmph.

Sein Tier verstummte, und Daniel fluchte

innerlich. Wenn ein innerer Drache mit seiner menschlichen Hälfte stritt, ging das nie gut aus.

Doch er war stur und würde standhalten. Auch wenn er immer davon geträumt hatte, eines Tages seine wahre Gefährtin zu finden – sein Clan zählte jetzt auf ihn. Er war nicht bereit.

Und außerdem wäre seine wahre Gefährtin ganz sicher kein Mensch. Das würde alles nur komplizierter machen – nicht besser.

Kapitel Drei

Jenny kuschelte sich unter die Decke und genoss die wohlige Wärme.

Zumindest bis dieses unangenehme Kribbeln einsetzte.

Sie biss sich auf die Lippe und hoffte, es würde nachlassen. Doch als es stärker wurde, keuchte sie laut auf. Daniel war sofort vor ihr, seine schönen Augen fest auf ihre gerichtet. „Was ist los? Tut dein Bein doch mehr weh, als du zugegeben hast?“

Noch bevor sie antworten konnte, schlug er die Decke zurück und nahm vorsichtig ihr Bein in die Hand. Trotz des Jeansstoffs zwischen seinen Fingern und ihrer Haut jagte seine Berührung ein Prickeln direkt zwischen ihre Schenkel.

Und das hatte ganz sicher nichts mit Kälte oder dem Wiederaufwärmen zu tun.

Langsam ließ Daniel seine Finger über ihre Wade gleiten, über das Schienbein bis hin zum Knie, darauf bedacht, die Schürfwunde nicht zu berühren, die durch den Riss in ihrer Jeans sichtbar war.

Noch etwas, das dieser Tag ihr genommen hatte – ihre bequemste Jeans.

„Ich muss die Wunde reinigen“, sagte er und sah ihr wieder in die Augen. „Gebrochen oder verstaucht ist nichts. Das seltsame Gefühl dürfte hauptsächlich die Nachwirkungen der Kälte sein.“

Einen Moment lang sahen sie einander einfach nur an. Nicht einschüchternd – eher so, als wären sie die beiden Enden eines Magneten, unfähig, sich zu lösen.

Schließlich ließ Daniel ihr Bein los und verschwand in einen Raum, von dem sie annahm, dass es das Badezimmer war.

Weil er seine Jacke ausgezogen hatte, als er das Feuer angezündet hatte, fiel ihr Blick auf seinen Po. Ziemlich ansehnlich. Und als er mit einer Art Erste-Hilfe-Kasten zurückkam, bemerkte sie, wie der Jeansstoff über seinen muskulösen Oberschenkeln spannte.

Richtig – Drachenwandler sollten hauptsächlich aus Muskeln bestehen, von all dem Fliegen. Oder so ähnlich.

Selbst als er sich vor sie hockte, konnte sie den Blick nicht von seinen Schenkeln lösen. Und ja, sie warf definitiv auch einen Blick auf sein … *Paket.*

Nichts Kleines, dachte sie.

Was mache ich hier eigentlich? Es war ja nicht so, als würde sie einen One-Night-Stand mit einem Drachenwandler haben. Himmel, sie wusste nichts über ihn – außer seinem Namen und dem seines Clans und dass er eine Art Sicherheitsmann war.

Zum Glück war Daniels Berührung nüchtern und professionell, als er ihre Wunde säuberte und desinfizierte. Danach legte er die Decke wieder über sie und kehrte zum Feuer zurück.

Da er offenbar Stille bevorzugte und Jenny dringend ein Gespräch brauchte, um sich von dem Kribbeln – ganz zu schweigen von schmutzigen Gedanken über einen gewissen Drachenmann – abzulenken, platzte sie heraus: „Warum bist du hier draußen allein? Ich dachte, Drachen leben in Clans, in so einer Art kleinen Stadt."

Einen Moment schwieg er. Dann antwortete er: „Tun wir auch. Aber manchmal müssen wir unsere Grenzen überwachen. Um diejenigen fernzuhalten, die uns hassen."

Etwas aus den Nachrichten blitzte in ihrem Kopf auf. „Du meinst diese Liga-Typen?"

Er grunzte. „Hauptsächlich." Das Feuer loderte auf. Er wandte sich zu ihr um, verschränkte die Arme vor der Brust und fragte: „Arbeitest du für sie?"

Sie blinzelte. „Was?"

„Arbeitest du für sie? Ich traue ihnen durchaus zu, dass sie eine hilflose Frau einsetzen, um uns abzulenken. Sie wissen, dass wir ihr wahrscheinlich helfen würden."

Aus irgendeinem Grund machte sie das wütend. „Nein, ich bin keine geheime Spionin oder was auch immer du andeutest. Ich habe sechs

Jahre lang in der Grundschule unterrichtet und bin im Moment arbeitslos. Deshalb fahre ich so eine Schrottkarre. Ich kann mir keine Reparatur leisten – und alles, was ich wollte, waren ein paar Tage in der Hütte eines Verwandten zu verbringen, die Welt auszublenden und herauszufinden, was zum Teufel ich mit meinem Leben anfangen soll."

Kaum hatte sie aufgehört, wollte sie sich am liebsten die Hand vor den Mund schlagen. Warum hatte sie ihm das alles erzählt?

Sie rechnete fest damit, dass er sich zurückziehen oder irgendeinen Vorwand suchen würde, um nach draußen zu gehen. Jennys Erfahrung nach war zu schnell zu viel mit einem Mann zu teilen ein riesiges No-Go.

Doch Daniel musterte sie nur, als wollte er ihre Gedanken lesen. Aber Drachenwandler konnten das nicht.

Oder?

Wie sehr wünschte sie sich, sie hätte sich mehr mit dem Thema beschäftigt als nur mit kinderfreundlichen Drachenlektionen.

Schließlich sprach er, und seine tiefe Stimme ließ sie angenehm erschauern. „Warum hast du nicht wenigstens Schneeketten aufgezogen? Vielleicht hättest du es damit geschafft."

Sie zuckte mit den Schultern. „Ich dachte nicht, dass es so schlimm wird. Und ja, ich gebe zu, ich habe mich nicht richtig informiert. Außerdem war ich ein bisschen abgelenkt von …"

Sie biss sich auf die Lippe. Nein. Noch mehr Persönliches würde sie ihm nicht erzählen.

Doch Daniel trat näher und beugte sich vor, bis sie auf Augenhöhe waren. „Wovon abgelenkt?"

Aus dieser Nähe war er schlicht atemberaubend. Sie hatte schon immer eine Vorliebe für braune Augen gehabt, und dazu sein markanter Kiefer und die vollen Lippen … vielleicht hätte sie doch mal bei dieser Tahoe-Drachenlotterie mitmachen sollen.

Er beugte sich noch näher. „Was hat dich so sehr abgelenkt, dass du hättest sterben können?"

Seine Worte rissen sie aus ihrem Lustnebel. „Ich wäre nicht gestorben. Wahrscheinlich."

Er hob eine Augenbraue, und sie seufzte. Was soll's. Sie würde ihn ohnehin nie wiedersehen. „Mein Ex hat mir eine Einladung zu seiner Hochzeit geschickt. In einer schicken, superteuren Luxuslocation."

Sie erinnerte sich, wie sie den Umschlag geöffnet hatte. Erst hatte sie geflucht, dann geweint. Das mit ihr und Corey war nicht gerade im Guten auseinandergegangen, und er hatte ihr wohl unter die Nase reiben wollen, dass er jetzt eine reiche Frau hatte, die ihn aushielt.

Jetzt, so viel später, wollte Jenny sagen, dass es okay war. Sollte die andere Frau doch das Arschloch haben. Aber es waren nur vier Monate vergangen, seit Corey sie verlassen hatte, sechs Monate, seit sie ihren Job verloren hatte, und es fühlte sich an, als stürzte ihre Welt um sie herum zusammen.

Eine sanfte Berührung an ihrer Wange holte sie

zurück. Daniel stand so nah, und seine Pupillen wechselten schnell zwischen rund und geschlitzt hin und her.

Sie sollte nicht fragen. Und doch platzte es aus ihr heraus: „Was sagt dein Drache?“

Daniel richtete sich auf, und sie vermisste sofort seine Wärme.

Unsinn. Nein, er konnte sie nicht trösten. Sie kannte ihn seit weniger als einer Stunde.

Er verschränkte die Arme vor seiner Brust. „Das willst du nicht wissen. Aber wir sind uns einig, dass du mir den Namen dieses Arschlochs sagen solltest. Er könnte eine Lektion vertragen. Und nicht die Art, die du unterrichtest.“

Als sich langsam ein Grinsen auf seinem Gesicht ausbreitete, als malte er sich Schlimmes für Corey aus, schüttelte sie den Kopf. „Auf keinen Fall. Es hat mich damals am Boden zerstört, aber ich arbeite daran, darüber hinwegzukommen. Wenn jemand in deinem schlimmsten Moment nicht zu dir steht, dann scheiß auf ihn. Er ist es nicht wert.“

Daniel zuckte mit den Schultern. „Vielleicht. Aber ein bisschen Anstand könnte er trotzdem lernen.“

Angesichts des fast kindischen Tons – als würde er Corey am liebsten sofort aufsuchen, musste sie lachen. „Du kannst nicht einfach irgendwelche Leute besuchen, die du nicht kennst, um ihnen eine Lektion zu erteilen. Gerade Drachenwandler stehen unter viel mehr Beobachtung als ich es jemals sein werde. Das weiß ich immerhin.“

Sein Lächeln verschwand. „Mehr, als du denkst. Und jetzt muss ich rund um die Hütte nachsehen und mich vergewissern, dass alles in Ordnung ist. Ich bleibe in der Nähe, versprochen."

Er ging zu einem Tisch, nahm ein Telefon und kam zurück. „Das ist das Satellitentelefon. Ruf jemanden an, der dich abholen kann. Mein Clanmechaniker wird kommen, sobald der Schnee nachlässt. Aber du solltest dich abholen lassen, denn ich weiß nicht, wie lange es dauern wird, das Auto zu reparieren."

Jenny nahm das Telefon. „In deinem Clan gibt es jemanden, der die alte Bessie reparieren kann?"

Als er sie fragend ansah, fügte sie hinzu: „So heißt mein Auto."

Ein Mundwinkel hob sich. „Du hast dein Auto alte Bessie genannt?"

„Da gibt es eine Geschichte – aber du hast zu tun. Ich bin wirklich dankbar für deine Hilfe."

Er nickte knapp. „Ich sehe draußen nach dem Rechten. Bleib in der Hütte. Und versuch nicht zu fliehen. Ich bin schneller – du kommst sowieso nicht weit."

Bevor sie sagen konnte, wie unheimlich das klang, war er nach draußen verschwunden.

Sie starrte auf das Telefon. Natürlich würde sie Jessica anrufen. Aber würde sie sie darum bitten, sofort abgeholt zu werden? Oder nur sagen, dass sie in Sicherheit war?

Das war verrückt. Sie sollte zurück zu ihrer Familie wollen. Und doch hatte der Drachenmann etwas an sich, als würde er ihr zuhören. Auch wenn er ungefragt Lösungen anbot.

Vielleicht war sein Beschützer-Getue nur eine Masche, um sie zum Reden zu bringen. Vielleicht hielt er sie immer noch für eine Feindin.

Also ja, bei ihm zu bleiben war verdammt dumm. Sie war schon immer zu vertrauensselig gewesen.

Aber Corey war das letzte Mal gewesen, dass sie das zugelassen hatte. Selbst wenn Daniel der perfekte Freund wäre – als würde das je passieren, ha! –, würde sie vorsichtig bleiben.

Seufzend wählte sie die Nummer ihrer Schwester.

„Mein Auto ist auf dem Berg liegengeblieben, und ein Drachenwandler hat mich am Straßenrand aufgelesen."

Jessica sagte nur ruhig: „Fang ganz von vorne an. Und sag mir zuerst, ob du okay bist. Ich habe dir gesagt, dass du da heute nicht hochfahren sollst."

Jenny verkniff sich eine bissige Bemerkung; Jessica wollte sie beschützen, wie sie es immer getan hatte. Stattdessen konzentrierte sie sich auf den aufregenden Tag. „Mir geht's gut. Was passiert ist …" Sie erzählte ihrer Schwester alles, auch, dass sie den Eindruck hatte, dass der Drachenmann ihr wirklich helfen wollte. Doch sie endete mit: „Trotzdem. Wir beide wissen, was passiert, wenn ich Leuten zu schnell vertraue. Wenn du oder dein Mann mich so schnell wie möglich abholen könntet, wäre das gut. Ich lasse mir die Koordinaten geben, sobald Daniel zurück ist."

Ihre Schwester schwieg kurz. „Sei vorsichtig, aber schreib ihn nicht sofort ab. Sprich mit ihm. Vielleicht kannst du sogar mehr über Drachenwandler lernen und herausfinden, ob das Gerede stimmt oder nicht."

„Was soll ich denn herausfinden?"

„Keine Ahnung. Ob sie große Schwänze haben?"

„Was?", keuchte Jenny

Jessica lachte. „Ich konnte nicht widerstehen. Aber nein, finde einfach raus, was du kannst. Meine Kinder fragen immer mehr danach, und ich verlasse mich nicht gern auf Hörensagen. Vielleicht kannst du mehr herausfinden. Oh! Idee! Du könntest vielleicht helfen, besseres Drachenwandler-Lehrmaterial zu entwickeln oder sowas."

Jenny blinzelte. Normalerweise versuchte ihre Schwester, sie zur Vernunft zu bringen. „Du kommst von einer Zufallsbegegnung auf sowas?"

„Hey, ich kann nichts dafür, dass ich tolle Ideen habe."

„Klar, wie damals, als du versucht hast, die Schule anzurufen und älter zu klingen, in der Hoffnung, dass sie dich für Mom halten?"

Ihre Schwester schnaubte. „Es hat doch funktioniert. Beim ersten Mal zumindest. Wir hätten wahrscheinlich nicht den Tag damit verbringen sollen, Moms heimlichen

Schokoladenvorrat zu verdrücken. So haben sie uns erwischt."

Jenny lächelte bei der Erinnerung. „Ich vermisse sie."

„Ich weiß, Jenny. Ich auch. Und ich bin mir ziemlich sicher, dass sie meinen Vorschlag unterstützen würde. Die Schulbücher über Drachen stammen aus den 1970ern oder so – oder wann auch immer sie sie das letzte Mal aktualisiert haben."

„1982. Aber ja, vierzig Jahre ist definitiv veraltet." Sie biss sich auf die Lippe und fügte hinzu: „Lass mich darüber nachdenken. Fürs Erste werde ich daran arbeiten, eine Wegbeschreibung zu bekommen, dann rufe ich dich zurück."

„Und vergiss nicht, das ähm … Paket … eines gewissen Mannes. Sieh dir das auch an."

Sie knurrte, aber Jessica lachte und legte auf.

Seufzend legte Jenny das Telefon auf den Tisch und rieb sich die Stirn. Die Idee ihrer Schwester war nicht völlig abwegig. Schließlich waren die Lehrbücher über Drachenwandler, die sie in der Grundschule und Mittelstufe verwendeten, wirklich uralt.

Aber selbst, wenn sie das Projekt in Angriff nahm – würde irgendein Verlag es überhaupt haben wollen? Konnte sie noch eine Weile ohne feste Anstellung überleben? Sie hatte darüber nachgedacht, als Vertretungslehrerin zu arbeiten, aber das war unregelmäßig und auch nicht besonders gut bezahlt. Doch vielleicht, nur vielleicht, würde es reichen, wenn sie weiter bei Jessica wohnte, während sie vorsichtig für ihre Lehrbuchidee die Fühler ausstreckte – vielleicht würde die Arbeit als Vertretungslehrerin ausreichen, um sie vor dem völligen Ruin zu bewahren.

Außerdem würde es sie ablenken, wenn sie Daniel Fragen über Drachenwandler im Allgemeinen stellte – sowohl von diesen umwerfenden Augen als auch von seinem „Paket".

Denn ganz gleich, wie nett oder hilfsbereit Daniel war – Jenny war nicht bereit, ihren Körper für eine Nacht voller Spaß zu riskieren. Sie klammerte sich schnell emotional an jemanden – ein weiterer Fehler, der es Corey ermöglicht hatte, sie zu manipulieren –, und sie musste vorsichtig sein.

Also kein Anfassen, keine sehnsüchtigen Blicke und ganz bestimmt kein Ausziehen mit dem Drachenmann. Nur Worte – das sollte ihr Mantra sein. Alles andere war tabu.

Kapitel Vier

Aufgrund seiner jahrelangen Arbeit für die Sicherheit seines Clans konnte Daniel einen Perimeter-Check auf Autopilot durchführen. Das war auch gut so, denn seine Gedanken kreisten ununterbrochen um die Menschenfrau in der Hütte – und darum, was sein Drache über sie dachte.

Sein Tier meldete sich zu Wort: *Warum ignorierst du mich? Ich habe dir gesagt, was ich denke – vielleicht haben wir endlich unsere wahre Gefährtin gefunden. Eine Berührung war ganz nett, aber nur ein Kuss wird uns Gewissheit verschaffen.*

Daniel hatte kaum Zeit gehabt zu genießen, wie weich Jennys Wange war, da verlangte sein Drache schon, sie zu küssen.

Warum jetzt? Warum sie? Wenn – und das war ein gewaltiges *Wenn* – es stimmte, hatte Daniel frühestens in ein paar Jahren damit gerechnet, nach seiner wahren Gefährtin zu suchen. Erst nachdem die Drachenclans im Großraum Tahoe offiziell ihre Allianzen geschlossen hatten.

Auch wenn er kein Clanführer war, wurden die Beschützer von MirrorPeak über alles auf dem Laufenden gehalten, was ihre Heimat betraf. Ein anderer Drachenclan, PineRock, hatte angefangen, MirrorPeak und andere Clans zu kontaktieren, um Treffen vorzuschlagen. Etwas, das noch vor wenigen Jahren undenkbar gewesen wäre – bevor der Clanführer von PineRock eine ADDA-Mitarbeiterin zur Gefährtin genommen hatte.

Daniel hatte diese ADDA-Mitarbeiterin – Ashley Swift – in der Vergangenheit ein paarmal getroffen. Diese Frau war eine Naturgewalt. Bei ihrem Ehrgeiz war es nur eine Frage der Zeit, bis die frühere Isolation der Tahoe-Clans der Vergangenheit angehörte.

Schon jetzt hatten sich alle Drachen der Region darauf geeinigt, gemeinsam gegen die Liga vorzugehen. Der Anführer von MirrorPeak verließ sich auf Daniels Konzentration, seinen Drive, seine Fähigkeiten als Fährtenleser und seine Begabung, Informationen aus einigen der zwielichtigeren menschlichen Ecken von Lake Tahoe und den umliegenden Städten zu beschaffen.

Eine Gefährtin würde das alles durcheinanderbringen. Und er könnte seinen Clan enttäuschen.

Schließlich antwortete er seinem Drachen: *Ich kann jetzt keinen Rausch riskieren. Selbst wenn sie unsere wahre Gefährtin ist – die Sicherheit unseres Clans ist wichtiger.*

Warum können wir dem Clan nicht helfen und gleichzeitig unsere Gefährtin beanspruchen? Es ist nicht schwer, beides zu tun.

Das sagst du. Aber wenn ich mir Sorgen um eine Gefährtin machen muss – oder um ein Kind, das unterwegs ist –, kann ich mich nicht mehr voll auf die gefährlicheren Einsätze konzentrieren.

Sein Drache schnaubte. *Dann lass die jüngeren, ungebundenen Beschützer ran. Die Welt geht nicht unter, wenn du ein bisschen delegierst.*

Bevor Daniel weiter mit seinem Tier diskutieren konnte, entdeckte er einen abgebrochenen Ast und ging hinüber, um ihn sich genauer anzusehen.

Der Bruch war frisch, und direkt darunter zeichneten sich schwache Eindrücke von Fußspuren im Schnee ab. In einer Stunde würde der Schnee sie vollständig zugedeckt haben.

Er richtete sich auf und konzentrierte sich auf alles um sich herum – Geräusche, Gerüche, Bewegungen. Doch außer Baumharz, raschelnden Zweigen oder einem Eichhörnchen, das von einem Baum zum nächsten sprang, nahm er nichts wahr, das eindeutig nach Mensch klang oder roch.

Und doch war hier jemand gewesen. Und wer wusste schon, ob während seiner Abwesenheit nicht irgendwas Gefährliches in der Hütte platziert worden war.

Jenny. Er wirbelte herum und rannte zurück, bis das Gebäude in Sicht kam. Zum Glück stand es noch, das Dach mit Schnee bedeckt, warmes Licht schimmerte aus den Fenstern.

Wenigstens war der Strom wieder da.

Er sah sich um, doch er entdeckte keine weiteren Fußspuren oder Anzeichen eines Eindringlings. Trotzdem musste er die Hütte sofort durchsuchen.

Drinnen war der Hauptraum – in dem sich auch die Küche befand – leer. Doch als er Wasser im Badezimmer rauschen hörte, beruhigte sich sein Herz ein wenig.

„Jenny? Wo bist du?"

„Einen Moment!", kam ihre Antwort aus dem Bad.

Um sie möglichst nicht zu beunruhigen, sah er schnell unter dem Sofa, hinter dem Beistelltisch und sogar unter dem Esstisch nach. Gerade öffnete er eine Küchenschublade, um nach Sprengstoff, Abhörgeräten oder irgendetwas Fremdem zu suchen, als Jennys Stimme durch den Raum klang.

„Bist du zufällig ein Meisterkoch oder sowas? Denn ich sage dir ganz ehrlich – ich bin am Verhungern."

Er drehte sich zu ihr um, begegnete ihrem Blick – und bemerkte dann ihre geröteten Wangen.

Sein Drache sagte:

Sie hat keine Angst mehr vor uns wie vorhin. Rede mit ihr. Beruhige sie. Gib ihr was zu essen. Und dann küss sie, um zu sehen, ob sie unsere ist, wie ich glaube.

Daniel ignorierte sein Tier, schloss die Schublade und ging zu den Schränken. „Ich habe hier nicht viel, aber ich lasse dich nicht hungern.“ Er wühlte herum, fand eine Tüte Chips und bot sie ihr an. „Iss ein paar davon, während ich dir ein gegrilltes Käsesandwich mache.“

Sie sah die Chips gierig an, schüttelte dann aber den Kopf. „Ich sollte wirklich nicht.“

Er runzelte die Stirn. „Warum nicht? Bist du allergisch gegen Kartoffeln oder so?“

Sie schnaubte. „Ganz sicher nicht. Ich liebe sie. Vielleicht ein bisschen zu sehr.“

Jenny verschränkte die Arme vor der Brust, als wolle sie sich schützen – und das gefiel ihm nicht. Er ging zu ihr hinüber, öffnete die Tüte, nahm einen Chip heraus und hielt ihn an ihre Lippen. „Iss ihn, wenn du hungrig bist.“

Einen Moment lang tat sie nichts. Dann hob sie den Blick und öffnete den Mund.

Er schob ihr den Chip zwischen die Lippen. Sie biss hinein und kaute, und dabei entfuhr ihr ein leises, genüssliches Stöhnen – und sein Schwanz wurde hart.

Verdammt! Wie wäre es wohl, wenn ihre Lippen sich um seinen Schwanz schlossen? Oder wenn er eine ihrer vollen Unterlippen zwischen die Zähne nähme und daran zöge?

Sein Drache summte. *Ja. Ja, versuch es. Ich will sie überall schmecken. Ich will wissen, ob sie unsere ist.*

Daniel ignorierte ihn erneut und nahm einen weiteren Chip. Doch diesmal schnappte sich Jenny die Tüte und ging zum Sofa. Während sie weiter aß, zwang er sich, in die Küche zurückzugehen. Er musste sicher sein, dass niemand sie belauschte oder plante, sie in die Luft zu jagen.

Manche würden ihn paranoid nennen. Aber die Liga hatte kürzlich Sprengsätze knapp außerhalb der Clan-Grenzen getestet, und die menschliche Polizei hatte das nicht ernst genommen.

Daniel durchsuchte schnell den Rest der Küche, während er Brot, Käse und Butter herausholte. Erst, als das erste Sandwich in der Pfanne brutzelte, fiel ihm auf, wie still es geworden war.

Er drehte sich um.

Auf dem Sofa lag Jenny auf der Seite, den Mund leicht geöffnet, und schlief tief und fest.

Er lächelte, als er ihr leises Schnarchen hörte.

Natürlich ruinierte sein Drache den Moment sofort. *Siehst du? Sie vertraut uns genug, um in unserer Gegenwart zu schlafen. Mit ein wenig Ermutigung erlaubt sie uns sicher, sie zu küssen.*

Das wird nicht passieren.

Doch als er sah, wie sie sich bewegte und fast vom Sofa rollte, war er sofort an ihrer Seite. Sie ins Bett zu bringen wäre definitiv sicherer.

Behutsam hob er sie hoch, hielt sie sanft an sich gedrückt und wartete, ob sie aufwachen würde.

Doch sie schmiegte sich nur an seine Brust, seufzte – und schnarchte weiter.

Mit ihrem weichen Körper in seinen Armen, ihrer Wärme an ihn geschmiegt, fragte er sich, wie sie wohl nackt aussehen würde. Er wollte jede ihrer wunderbaren Kurven mit den Händen erkunden, ihre Nippel saugen und dann herausfinden, wie feucht sie für ihn war. Vielleicht würde sie sogar um seinen Schwanz betteln.

Sein Drache lachte. *Du wirst ihr nicht lange widerstehen können.*

Diese Bemerkung half, die Fantasie einer nackten Jenny zu vertreiben, und er ging ins Schlafzimmer. *Ich bin nicht schwach.*

Vielleicht nicht. Aber willst du auf dem Boden schlafen? Oder auf dem Sofa? Und wenn der Strom wieder ausfällt? Sie wird frieren, wenn wir das Bett nicht mit ihr teilen.

Als Daniel Jenny auf das Bett legte und vorsichtig die Decke über sie zog, antwortete er: *Ich kann sie warmhalten, ohne meinen Schwanz aus der Hose zu holen.*

Also wirst du das Bett mit ihr teilen?

Er strich ihr eine Haarsträhne aus dem Gesicht. Sie murmelte etwas Unverständliches und sank wieder tiefer in den Schlaf.

Auch wenn sie keine besonders würdevolle Schläferin war – gab es sowas überhaupt? –, wirkte ihr Gesicht im Schlaf weniger angespannt, weicher, jünger.

Er hatte keine Ahnung, wie alt sie war. Wenn sie seit mindestens sechs Jahren unterrichtete, konnte sie jedenfalls nicht mehr ganz so jung sein.

Was er jedoch nicht leugnen konnte, war, dass sie verdammt schön war.

Ihr hellbraunes Haar floss hinter ihr über das Kissen – auch wenn es etwas fransig geschnitten war, danach musste er sie noch fragen –, die Kurve ihrer Wange, ihre Stirn, ihr ganzes Gesicht weckten den Wunsch in ihm, jeden Morgen neben ihr aufzuwachen.

Wie viel schöner würde sie aussehen, wenn morgens das Sonnenlicht ihre Haut streichelte? Oder wenn er sie zum Kommen brachte und ihre Augen warm und befriedigt wären?

Sein Drache lachte wieder. *Du wirst nicht lange durchhalten.*

Daniel trat zurück und verließ schnell das Zimmer. Nachdem er die Tür geschlossen hatte, setzte er seine Durchsuchung der Hütte fort.

Und egal, wie oft sein Drache ihn dazu drängen wollte, die Menschenfrau zu küssen – er widerstand.

Denn er hatte jetzt keine Zeit, eine Gefährtin zu finden. Außerdem kannte er sie kaum. Oh, er hätte sie problemlos ficken können, würde vermutlich niemals genug von ihrem Körper bekommen – aber ihre Persönlichkeit könnte ihn auf lange Sicht nerven.

Nur, weil jemand eine wahre Gefährtin war, garantierte das kein Glück. Es war die beste Chance darauf – aber nicht unfehlbar.

Also konzentrierte Daniel sich darauf, dass es keineswegs sicher war, durch sie glücklich zu werden. Und darauf, was passieren würde, wenn sie nach einem Rausch gehen wollte – vorausgesetzt, sie war tatsächlich seine wahre Gefährtin – und dass das seinem Clan mehr schaden als nützen könnte.

Kapitel Fünf

Jenny wachte langsam auf, und ihr erster Gedanke war, wie warm ihr war.

Ihre Schwester drehte die Heizung immer viel höher, als sie es je getan hatte – oder es sich leisten konnte, wenn sie ehrlich war –, und das war etwas gewesen, das sie definitiv genoss.

Doch etwas zog sich um ihre Taille zusammen, und sie öffnete die Augen.

Der Raum war klein, mit holzgetäfelten Wänden, und das Fenster war an der falschen Stelle.

Das war nicht ihr Zimmer in Jessicas Haus.

Sie versuchte aufzustehen, doch das Band um ihre Taille zog sich fester, und eine tiefe, raue Stimme murmelte: „Geh nicht. Du bist so warm und weich."

Daniel. Stimmt ja, ein Drachenwandler hatte sie gerettet.

Aber warum lag sie mit ihm im Bett? Sie hatte keinen Kater, was bedeutete, dass sie keinen gigantischen, alkoholbedingten Fehler begangen hatte – wie mit ihm zu schlafen.

Er zog sie fester an sich, seine harte Brust gegen ihren Rücken gedrückt, und ein ziemlich harter Schwanz drückte sich gegen ihren Po.

Vielleicht hätte sie alarmiert sein sollen, doch genau hier, genau jetzt, mit seinem starken Arm um sich und seiner Wärme in ihrem Rücken, fühlte sie sich … sicher. Zufrieden.

Als wäre das hier ihr Zuhause.

Nein, nein, nein. Sie war nicht mehr diese Frau, die gedankenlos vertraute und sich in Männer verliebte, bevor sie überhaupt blinzeln konnte.

Sie versuchte nochmal aufzustehen, und diesmal ließ Daniel sie los.

Sobald sie stand, fröstelte sie in der kalten Luft. Daniel knurrte, sprang aus dem Bett – nur mit einer Jogginghose bekleidet – und nahm die Decke vom Bett. Nachdem er sie sorgfältig um sie gelegt hatte, sagte er: „Du hättest warten sollen, bis ich wieder ein Feuer gemacht habe, bevor du aufstehst. Der Strom ist die ganze Nacht über immer wieder ausgefallen, deshalb habe ich mich zu dir gelegt, damit wir warm bleiben."

Sie sah überallhin, nur nicht zu ihm – denn sonst hätte sie sich daran erinnert, wie es sich angefühlt hatte, dicht an seine Wärme geschmiegt zu sein, und ihre Wangen würden rot werden. „Wie praktisch", sagte sie. „Und entschuldige bitte, dass ich in Panik gerate, wenn ich im Bett eines fremden Mannes aufwache."

Er kniff die Augen zusammen. „Ich hätte dir niemals wehgetan. Oder was immer du denkst."

Sie erwiderte schließlich seinen Blick. Seine blitzenden Pupillen beunruhigten sie nicht einmal mehr. „Und woher soll ich das wissen? Ich kenne dich seit – was – zehn Minuten? Ein Mann, den ich jahrelang kannte, ist mir ohne zu zögern in den Rücken gefallen."

„Corey James."

Sie blinzelte. „Woher weißt du das?"

„Ich habe letzte Nacht nachgeforscht, nachdem du eingeschlafen bist. Du musst dir seinetwegen keine Sorgen mehr machen."

Als sie seinen selbstzufriedenen Ton hörte, drehte sich ihr der Magen um. „Was hast du getan?"

„Wenn ich es dir sagen würde, müsste ich dich töten."

Einen Moment lang glaubte sie, er meine es ernst. Dann lachte er leise. „Du bist wirklich viel zu leicht aufzuziehen."

Sie kniff die Augen zusammen, marschierte auf ihn zu und stach ihm den Finger gegen die Brust.

Seine nackte, heiße, muskulöse Brust.

Für den Moment ignorierte sie das und knurrte: „Reiz mich heute Morgen nicht, Daniel. Oder soll ich anfangen, dich Danny zu nennen, um mich zu revanchieren?"

Er packte ihre Hand und zog daran, bis sie gegen seine Brust fiel. „Nenn mich nicht so."

Vielleicht sollte sie sich wehren oder versuchen, sich loszureißen, aber sie schien sich nicht bewegen zu können. „Dann sei nett. Ich hatte gestern einen echten Scheißtag, ich bin an einem seltsamen Ort aufgewacht, ich habe nichts zu Abend gegessen – Kartoffelchips zählen nicht –, und ich bin sicher, meine Haare sehen aus wie ein Mopp. Nun ja, noch mehr als sonst. Du willst mich jetzt wirklich, wirklich nicht reizen."

Er hob die Brauen. „Wie sind deine Haare eigentlich so ungleichmäßig geworden?"

Sie blinzelte angesichts des Themenwechsels. „Was?"

Er hob eine Hand, spielte mit den Spitzen auf einer Seite und nickte in Richtung ihrer Haare. „Es sieht aus, als hättest du sie mit verbundenen Augen abgeschnitten."

Mit einem Knurren fand Jenny die Kraft, ihn von sich zu stoßen. Daniel ließ sie los, und sie stapfte zum Bett, ließ sich darauf fallen und zog die Decke enger um ihre Schultern. „Du bist ja ein echter Charmebolzen am frühen Morgen, was?"

Er sagte nichts, und da Stille nicht ihr bester Freund war, seufzte Jenny und erklärte: „Ich wollte ein bisschen Geld sparen, okay? Also habe ich sie selbst geschnitten. Was ich übrigens nicht empfehle."

Er fuhr sich mit der Hand über sein kurz geschnittenes Haar – so kurz wie bei einem Marine oder einem anderen Militärtyp. „Ich schneide meine immer selbst."

Sie hob die Hand und zeigte ihm den Mittelfinger.

Daniel lächelte. „Liege ich richtig, wenn ich sage, dass du kein Morgenmensch bist?“

Das Lächeln des Drachenmannes entwaffnete sie, und sie bemühte sich, cool und unbeeindruckt zu wirken. „Früher war ich es – aus Notwendigkeit, als ich noch Lehrerin war. Aber normalerweise? Nein. Solange ich nicht gegessen habe und meinen Tee hatte, bin ich der größte Griesgram auf diesem Planeten.“

Warum hatte sie das gesagt?

Verdammt, in diesem Tempo würde sie diesem geheimnisvollen Drachenmann all ihre Geheimnisse anvertrauen.

„Ich glaube, ich habe löslichen Kaffee, aber vermutlich keinen Tee.“

Sie verzog die Nase. „Ich darf keinen Kaffee trinken, sonst werde ich zu einer ununterbrochen plappernden Nervensäge, die nicht stillsitzen kann.“

„Und wie unterscheidet sich das vom Normalzustand?“

Jenny war es egal, ob er ein Fremder war oder sich in einen riesigen Drachen verwandeln konnte. Sie griff nach einem Kissen und warf es nach ihm.

Er fing es natürlich auf, aber sie fühlte sich trotzdem ein wenig besser.

Daniel warf das Kissen hinter sie auf das Bett. „Lass mich sehen, was ich finden kann. Ich habe übrigens auch deinen Koffer aus dem Auto geholt. Er steht da drüben.“

Er deutete in die Ecke. „Wenn du angezogen bist, komm in die Küche, dann habe ich das Frühstück fertig.“ Er runzelte die Stirn. „Du bist doch keine Vegetarierin oder Veganerin, oder?“

Sie verzog die Nase. „Auf keinen Fall. Ich liebe Speck viel zu sehr.“

„Gut. Denn Speck und Eier bekommst du.“

Als er ging – und natürlich musterte sie beim Hinausgehen seine Muskeln und erhaschte sogar einen Blick auf das Drachentattoo an seinem Oberarm –, fragte sie sich, wie er ihre Sachen geholt hatte.

War er dafür wirklich in der Kälte und Dunkelheit hinausgegangen?

Und warum löste das so ein seltsames Ziehen in ihrem Herzen aus?

Sie hatte noch nie einen Mann gedatet, der so aufmerksam gewesen war, und doch hatte ein Fremder etwas so Rücksichtsvolles getan.

Um sich von ihren Gedanken an den Drachenmann abzulenken, ging Jenny zum Fenster, spähte hinaus und schnappte nach Luft.

Der Schnee reichte inzwischen bis zur Unterkante der Fensterbank.

Das bedeutete, dass sie heute nirgendwohin gehen würde.

Die „Vor-Corey“-Version von ihr hätte vor Freude auf der Stelle getanzt, begeistert von der Chance, den sexy Drachenmann ein wenig besser kennenzulernen.

Doch ihr verletztes Ich war etwas verbittert und

fast schon verärgert darüber, Zeit mit ihm verbringen zu müssen und zu riskieren, einen riesigen Fehler zu machen.

Denn trotz aller Warnungen, vorsichtig zu sein, mochte sie ihn irgendwie.

Und in seinem Bett aufzuwachen, an seinen großen, warmen Körper geschmiegt?

Heilige Scheiße, das war wie im Paradies gewesen.

Reiß dich zusammen, Jenny. Du darfst nicht unvorsichtig werden.

Richtig, das würde sie auch nicht. Vor allem, weil sie mit ihm sprechen und seine Art besser kennenlernen wollte – und vielleicht etwas lernen konnte, das ihr bei dieser Lehrbuch-Idee helfen würde.

Vielleicht würde aus der Idee nichts werden, aber sie würde diese Gelegenheit nutzen, um alles zu erfahren, was sie über Drachenwandler in Erfahrung bringen konnte.

Nun ja, fast alles.

Ganz sicher würde sie in nächster Zeit keinen nackten sehen – oder herausfinden, ob sie im Bett wirklich so gut waren, wie die Gerüchte behaupteten.

Obwohl sie die Antwort auf Letzteres vermutlich bereits kannte. Denn ja, ihrer Erfahrung nach glaubten die meisten Männer, die Klitoris befände sich irgendwo in ihrer Vagina oder so.

Nimm die Gedanken aus der Gosse, Jenny. Nachdem sie tief durchgeatmet hatte, ging sie zu ihrem Koffer, suchte Klamotten heraus und zögerte, während ihr Blick zur geschlossenen Schlafzimmertür glitt.

Sie sollte Daniel nicht ausspionieren, und doch wollte sie noch einen letzten Blick auf ihn ohne Shirt werfen.

Um sein Tattoo genauer anzusehen. Ja, genau deshalb.

Langsam öffnete sie die Tür einen Spalt weit, dankbar, dass die Scharniere nicht quietschten, und runzelte die Stirn, weil sie nur seinen Rücken sehen konnte.

Ein schöner Rücken, mit breiten Schultern, aber sie wollte seinen Arm sehen.

Da drehte er sich um, und sie schlug die Tür schnell wieder zu.

Wie groß war die Wahrscheinlichkeit, dass er sie nicht beim Spannen gesehen hatte?

Wahrscheinlich null.

Seufzend ging sie ins Badezimmer. Obwohl sie am Abend zuvor geduscht hatte, gönnte sie sich noch eine Dusche. Und während das heiße Wasser über ihren Körper rann, beglückwünschte sie sich, weil sie an den immer noch hemdlosen Daniel dachte, ohne sich zwischen die Beine zu greifen.

Ja, sie konnte ihm widerstehen.

Wirklich, das konnte sie.

WÄHREND DANIEL SPECK und Eier briet, zwang er langsam seine Morgenlatte dazu, sich zu beruhigen.

Verdammt, mit Jennys warmem, weichem Körper in seinen Armen aufzuwachen, war das Beste gewesen, was es gab.

Er war noch nie so hart aufgewacht.

Allerdings musste er zugeben, sie aufzuziehen hatte auch Spaß gemacht. Er mochte ihre Schlagfertigkeit, ihre Neigung abzuschweifen und wie ihre Haare in alle Richtungen abstanden, als würden sie noch überlegen, ob sie den Gesetzen der Schwerkraft folgen wollten oder nicht.

Sein Tier meldete sich: *Und trotzdem wirst du sie nicht küssen.*

Das werde ich nicht. Nicht nur, weil sie vermutlich keine Ahnung hat, was dann passieren könnte, sondern auch, weil ich nicht unvorsichtig werden darf, solange mögliche Bedrohungen in der Nähe sind.

Auch wenn er in der Nacht bei seiner Durchsuchung der Hütte nichts Verdächtiges gefunden hatte, sagte Daniels Instinkt ihm, dass sich in der Nähe eine Gefahr befand.

Der hüfthohe Schnee würde mögliche Feinde wahrscheinlich fernhalten, doch sobald er schmolz, konnten sie angreifen.

Und wenn er dann im Gefährtenrausch wäre, bei dem das einzige Ziel seines Drachen wäre, ihre wahre Gefährtin zu schwängern, wäre er leichte Beute.

Er würde seinen Clan enttäuschen. Sich selbst. Und seine Gefährtin.

Nein, er musste die Bedrohung aufspüren und

Jenny lange genug widerstehen, um die Gefahr auszuschalten.

Sein Tier brummte. *Also bist du bereit, sie zu küssen, sobald das erledigt ist?*

Nichts ist in Stein gemeißelt. Aber wenn – und das ist ein großes Wenn – sie unsere wahre Gefährtin ist? Dann wäre ich bereit, sie besser kennenzulernen.

Gut. Aber lass dir nicht zu viel Zeit. Wenn sie geht, müssen wir sie wiederfinden.

Um zu verhindern, dass sein Drache ihn zu einem Stalker machte, antwortete er: *Wir haben Zeit, also beruhige dich.*

Vorläufig besänftigt verstummte sein Tier, rollte sich in seinem Geist zusammen und schlief ein.

Seit sein innerer Drache im Alter von sechs Jahren begonnen hatte, mit ihm zu sprechen und in seinem Kopf aktiv zu sein, dachte Daniel kaum noch darüber nach, von zwei Stimmen zu einer zurückzukehren, also widmete er sich sofort wieder dem Frühstück. Er war fast fertig, als sich die Schlafzimmertür öffnete.

Er drehte sich um und holte scharf Luft.

Jenny trug Jeans und einen Pullover, doch ihre Wangen waren vom heißen Wasser rosig, ihr Haar noch feucht und wippte um ihre Schultern, und ihre Augen leuchteten, als hätte sie unter der Dusche bessere Laune gefunden.

Sie lächelte ihn an. „Ich rieche eindeutig Speck. Sag mir bitte, dass er fast fertig ist, denn ich bin am Verhungern."

Wie auf Kommando knurrte ihr Magen.

Und das gefiel ihm nicht. Der Drang, sich um sie zu kümmern, sie zu beschützen, dafür zu sorgen, dass sie niemals hungern musste, erwachte in ihm.

Lag es daran, dass sie seine wahre Gefährtin war? Oder einfach daran, dass er eine Schwäche dafür hatte, andere zu retten?

Sein schläfriger Drache murmelte: *Küss sie und finde es heraus.*

Er ignorierte sein Tier und deutete auf die Theke mit den Hockern. „Setz dich. Frühstück ist gleich fertig, aber ich habe auch ein bisschen Obst, das du vorher naschen kannst."

Sie rutschte auf den Hocker, stützte die Ellbogen auf die Theke, und der Ausschnitt ihres Pullovers rutschte weiter auf.

Und natürlich blickte Daniel ihr in diesen Ausschnitt.

Ihre Brüste waren nicht übermäßig groß, aber eine davon hätte seine Hand mühelos gefüllt.

Sie waren so voll und verlockend. Welche Farbe mochten ihre Brustwarzen haben?

Jenny winkte mit der Hand. „Hallo? Mein Gesicht ist hier oben, Mr. Drachenmann."

Sein Blick blieb noch einen Moment länger hängen, bevor er ihren braunen Augen begegnete. „Warum trägst du einen so tief ausgeschnittenen Pullover, wenn es draußen kalt ist?"

Sie runzelte die Stirn. „Bist du die Modepolizei? Damit habe ich jetzt nicht gerechnet."

Er knurrte. „Du hast gestern gezittert, und deine

Lippen waren sogar blau, also entschuldige bitte, wenn ich mir Sorgen mache."

Knurrend wandte er sich wieder dem Herd zu.

Er benahm sich wie ein Arschloch, aber das war besser, als das zu tun, was er wirklich wollte – über die Theke springen, Jenny in seine Arme reißen und sie küssen, als würde er ohne sie sterben.

Moment – hatte er das gerade wirklich gedacht? Verdammt, ihre Nähe verwandelte ihn in einen jämmerlichen Romantiker.

Sein Drache regte sich, doch Jenny sprach, bevor sein Tier etwas sagen konnte. „Ich habe dir gestern gar nicht richtig dafür gedankt, dass du mir geholfen hast. Du hättest einfach weitergehen und mich meinem Schicksal überlassen können. Aber obwohl ich ein Mensch bin, bist du trotzdem gekommen und hast mich gerettet. Also danke, Daniel. Ich meine es ernst."

Langsam drehte er sich um, und sein Blick traf wieder ihren. Sie war aufrichtig – und die kratzbürstige Frau von vorhin war verschwunden.

Er zuckte mit den Schultern. „Vielleicht hätten manche Drachenwandler einem Menschen nicht geholfen, aber mein Clan tut das. Alle Drachenclans im Tahoe-Gebiet unterstützen Such- und Rettungseinsätze, von denen die meisten Menschen zugutekommen."

Sie stützte das Kinn auf die Hand, wobei die Bewegung ihre Brüste gegeneinander drückte und ein verlockendes Tal entstehen ließ, das er am liebsten mit der Nase erkundet hätte, und sie sagte: „Ich glaube, darüber habe ich nie wirklich nachgedacht. Die guten Dinge sieht man nie in den Nachrichten oder online oder sonst irgendwo. Meistens sind es die beängstigenden Sachen über Drachen oder Verschwörungstheorien darüber, dass Drachenwandler die Weltherrschaft übernehmen wollen."

Er knurrte, aber sie hob eine Hand. „Hey, ich gehöre nicht zu denen, die diesen Mist glauben. Die Freundin einer ehemaligen Kollegin aus der Schule hat einen Drachenwandler als Gefährten gefunden. Ich hatte zwar nie Gelegenheit, diese Frau kennenzulernen – sie heißt übrigens Tori –, nachdem sie zum Clan PineRock gezogen ist, aber allem Anschein nach ist sie glücklich dort."

Daniel entspannte sich. Er hasste es, wenn Menschen ihre Meinung auf Lügen und Angst vor dem Unbekannten gründeten. „Ja, ich kenne die Schwester von Toris Drachengefährten, eine Drachenfrau namens Gaby. Sie hilft bei Feuerwehreinsätzen. Es ist eine kleine Welt hier oben, viele von uns kennen einander. Nun ja, bis auf einen Clan. Die bleiben unter sich, aber sie machen keinen Ärger."

Scheiße. Warum hatte er das überhaupt erwähnt? Wenn diese Information in die falschen Hände geriet, zu irgendwelchen Bastarden in der Liga, konnte das böse enden. Ein isolierter Drachenclan war ein leichtes Ziel.

Jenny trommelte mit den Fingern auf die

Theke. „Also haben selbst die Drachen unterschiedliche Allianzen."

„So könnte man es beschreiben." Er verteilte Speck, Eier und Toast auf den Tellern, entschlossen, das Thema zu wechseln, damit ihm nicht noch mehr herausrutschte.

Denn obwohl er nie Probleme gehabt hatte, Geheimnisse zu bewahren, brachte irgendetwas an Jenny ihn dazu, alles mit ihr teilen zu wollen.

Die träge Stimme seines Drachen hallte in seinem Kopf wider. *Du weißt warum. Ich glaube, ich habe recht mit ihr, und sie gehört zu uns.*

Er ignorierte sein Tier und fragte die Menschenfrau: „Warum hast du noch keinen neuen Job als Lehrerin gefunden?"

Sie hob eine Augenbraue angesichts des Themenwechsels, antwortete aber zum Glück: „Es ist schwer. Sie wollen mehr Kinder in einer Klasse und weniger Lehrkräfte. Und weil ich nach meinem Bachelor noch zusätzliche Masterkurse absolviert habe, verdiene ich mehr als jemand frisch von der Uni – Lehrer werden nach einer Kombination aus Berufsjahren und Ausbildung bezahlt –, und so viel wollen sie nicht zahlen."

Er runzelte die Stirn. „Also sparen sie Geld, indem sie weniger qualifizierte Lehrer einstellen?"

Sie zuckte mit den Schultern. „Nicht offiziell. Aber so fühlt es sich zumindest in dem Bezirk an, in dem ich gearbeitet habe."

Während sie ihr Essen anging – Speck auf den Toast legte, ihn zusammenklappte und hineinbiss –, ignorierte er ihre leisen genüsslichen Laute und sagte: „Unser Lehrer im Clan ist in seinen Sechzigern. Ich bezweifle, dass er in Rente geht, bevor er körperlich nicht mehr kann."

Nachdem sie geschluckt hatte – und er, verdammter Bastard, die ganze Zeit ihre lange, schöne Kehle beobachtet hatte –, fragte Jenny: „Haben Drachenwandler-Lehrer einheitliche Lehrbücher oder Richtlinien, an die sie sich alle halten müssen?"

„Warum?"

Sie verdrehte die Augen. „Ich bin nicht hinter Staatsgeheimnissen her. Ich bin einfach neugierig. Unterrichten war ein großer Teil meines Lebens, also interessiert es mich."

Als ihm klar wurde, dass er sich wie ein schlecht gelauntes Arschloch benahm, beschloss Daniel zu antworten. „Ich bin mir nicht ganz sicher. Das letzte Mal, dass ich ein Klassenzimmer betreten habe, war ich siebzehn. Das ist eine Weile her."

„Wie lange?" Als er nur den Kopf schüttelte, fügte sie hinzu: „Ach, komm schon. Gib mir irgendein kleines Detail über dich. Glaub nicht, dass mir nicht aufgefallen ist, wie alles, worüber du sprichst, mit dem Clan, anderen Drachen oder Dingen wie flackerndem Strom zu tun hat. Ich kenne nicht einmal deinen vollständigen Namen."

„Daniel Torres."

Danach schwieg er absichtlich und aß langsam weiter, bis sie schließlich schnaubte: „Erzähl mir mehr als das. Wenn der Schnee nicht schmilzt – und ich bezweifle, dass das heute passiert –, dann sitzen wir hier zusammen fest. Lass mich nicht die ganze Zeit Zähne ziehen müssen, nur um ein paar Worte aus dir herauszubekommen."

Er deutete mit der Gabel auf sie. „Ich rede so lange, wie du brauchst, um diesen Teller leer zu essen. Und, nein, du lässt dir nicht zehn Stunden Zeit. Ich meine, so lang, wie man normal braucht, um das aufzuessen."

Ihr Mundwinkel zuckte. „Hast du einen offiziellen Zeitplan, abhängig davon, was serviert wird? Braucht Pizza zehn Minuten, aber Fleisch, Kartoffeln und Gemüse zwanzig? Vielleicht zwei Minuten für ein Glas Wasser?"

Seine Lippen zuckten. „Nein, aber vielleicht sollte ich das einführen. Die Beschützer mögen Regeln und Vorschriften, und die meisten von uns haben in der Air Force gelernt, sie zu befolgen."

Sie aß demonstrativ ein Stück Speck, und Daniel musste sich ein Lächeln verkneifen. „Alle von uns, die Beschützer werden wollen, müssen zuerst in der US Air Force dienen. Und falls es jemals zu einer Invasion oder einem Angriff kommt, könnten wir jederzeit zurückbeordert werden."

„Wirklich?"

Er nickte. „Allerdings ist das seit dem Zweiten Weltkrieg nicht mehr passiert, als Drachen nach der Bombardierung von Pearl Harbor in Hawaii helfen mussten." Er bemerkte ihr Stirnrunzeln und fügte rasch hinzu: „In den Geschichtsbüchern der Menschen wird das nicht erwähnt. Ich weiß nicht, wer diese Entscheidung getroffen hat, aber es wird kaum darüber gesprochen, wie Drachen Menschen bei früheren Militäreinsätzen geholfen haben.“ Er zuckte mit den Schultern. „Nicht, dass es eine Rolle spielt. Solange wir während unserer Zeit beim Militär die neuesten Fertigkeiten und den Umgang mit Technologie lernen können, um sie später im Clan einzusetzen, können sie entscheiden, was zum Teufel sie preisgeben oder verschweigen wollen.“

Sie schluckte und beugte sich vor. „Habt ihr also supergeheime Spionageausrüstung, speziell für Drachenwandler? Sowas wie Gurte oder Geschirre, die sich beim Wandeln dehnen und nicht reißen?“

Er lachte leise. „Nicht wirklich.“ Er beugte sich vor und senkte dramatisch die Stimme. „Oder doch?“

Jenny lachte, und dieses Geräusch ließ sowohl Mann als auch Tier zufrieden knurren. Sie hatte seit ihrer Begegnung kaum gelacht, und sie hatte es verdient.

Woher dieser Gedanke kam, wusste er allerdings nicht.

Sie sagte: „Na ja, Spionagekram interessiert mich nicht wirklich. Ich würde gern mehr über das normale Clanleben erfahren. Weißt du, ich habe da so eine Idee …“

Als sie nicht weitersprach, legte er die Gabel ab und konzentrierte sich ganz auf sie. „Welche Idee?“

Sie biss sich auf die Unterlippe, und es kostete ihn eine Menge Mühe, sich nicht zu ihr vorzubeugen und es mit seinen eigenen Zähnen zu tun. „Versprich mir nur, dass du nicht lachst, okay? Es ist eher eine grobe Idee, und vielleicht wird nichts daraus, aber ich könnte mich da richtig reinhängen. Und so orientierungslos, wie ich in den letzten Monaten war, könnte es alles verändern."

Er musterte sie und bemerkte die Unsicherheit in ihren Augen.

Das gefiel Daniel überhaupt nicht.

Anstatt darüber nachzudenken, warum, fragte er: „Was ist deine Idee? Wie du schon gesagt hast, sitzen wir hier eine Weile fest. Und vielleicht hilft es, darüber zu sprechen und Klarheit zu gewinnen. Das mache ich bei meinem Job oft."

Und da tat er es schon wieder – er gab mehr von sich preis.

Jenny setzte sich aufrechter. „Also …"

Ihre Stimme verklang, aber er wartete einfach. Daniel konnte geduldig sein, und es war fast so, als wollte er, dass sie ihm genug vertraute, um es auszusprechen.

Aber verdammt, wenn das so weiterging, könnte er wirklich in Schwierigkeiten geraten.

Sein schläfriger Drache sagte: *Warte einfach ab. Wenn ich wetten müsste, würde ich sagen, du küsst sie, bevor der Schnee schmilzt.*

Kapitel Sechs

Jenny hatte eigentlich nicht vorgehabt, ihren jüngsten Geistesblitz zu erwähnen, und doch hatte sie es getan.

Allerdings zögerte sie, ihn genauer zu erklären. Daniel sprach immer wieder von Problemen mit einigen Menschen, deutete sogar mögliche Angriffe an, und sie nicht für eine Spionin halten, so etwas wie eine Sexfalle.

Als würde sie regelmäßig mit irgendwelchen Männern ins Bett gehen, um an Informationen zu kommen!

Was denke ich da eigentlich? Solche Sexfallen-Archetypen trugen normalerweise knappe Kleider, konnten flirten, als wäre es eine Sportart, und waren immer groß und anmutig.

Ganz bestimmt nicht sie.

Nur … Daniel hatte ihr vorhin in den Ausschnitt gestarrt, sein Blick heiß und begierig, sodass sie sich begehrenswert gefühlt hatte. Zum

Glück hatte sie sich nach vorn gebeugt, wodurch der Stoff locker gefallen war, und er hatte nicht sehen können, wie sich ihre Brustwarzen unter dem Material aufrichteten.

Sie hatte sich vorgestellt, zu ihm hinüberzugehen, seinen Kopf nach unten zu ziehen und ihn zu küssen. Was sie nicht tun konnte. Nein.

Also hatte sie Essen in sich hineingeschaufelt, um sich abzulenken. Doch jetzt war ihr Teller leer, und sie hatte nichts mehr, woran sie denken konnte – außer Daniel.

Darum war es die beste Ablenkung, ihm von ihrer Idee zu erzählen. Dann würde sie nicht daran denken, ihn zu küssen oder auf seinen Schoß zu klettern oder daran, wie er sie am Tag zuvor getragen hatte, als wöge sie nichts.

Sie räusperte sich und antwortete schließlich: „Also, das weißt du wahrscheinlich nicht, aber wir haben tatsächlich Lehrbücher über Drachenwandler. Sie unterscheiden sich je nach Altersstufe – da ich in der Grundschule unterrichtet habe, waren sie sehr einfach und bestanden hauptsächlich aus Geschichten –, aber unabhängig von der Altersgruppe wurden sie alle vor Jahrzehnten geschrieben. Also dachte ich mir, vielleicht könnte ich selbst eines schreiben. Eines, das sachlicher und aktueller ist und euch weniger als böse Schurken dastehen lässt, die alles stehlen wollen, was sie in die Finger kriegen können."

Er hob die Augenbrauen. „Ist das wirklich das, was sie lehren?"

Sie nickte. „Weitgehend. Die jüngeren Kinder bekommen einige eurer Legenden erzählt, was großartig ist. Es gibt sogar ein paar neue Kinderbücher über Drachenwandler von einem britischen Verlag, angeblich geschrieben von Menschen, die bei einem Drachenclan leben. Und ich habe versucht, sie einzusetzen, wann immer ich konnte, aber wegen der staatlichen Vorgaben durften sie nicht das Hauptlehrmaterial sein."

Sie strich sich eine Haarsträhne hinter das Ohr und musterte Daniel genau. „Bist du sicher, dass du das hören willst? Es ist nicht gerade aufregender Stoff."

Er verschränkte die Arme vor der Brust – verdammt, er hatte breite Schultern und bedauerlicherweise ein Shirt angezogen, während sie unter der Dusche gewesen war – und nickte. „Ich rette vielleicht hin und wieder Menschen, aber ich habe mich noch nie wirklich mit einem von ihnen längere Zeit zusammengesetzt und unterhalten. Und da meine Nichte später einmal Lehrerin werden will, könnte das für sie hilfreich sein. Sie ist ein bisschen besessen von Menschen, um ehrlich zu sein. Sie würde dich mögen."

„Langsam, noch mal von vorn – du hast eine Nichte? Das heißt, du hast auch Geschwister? Oder ist das so eine Ehrenonkel-Sache?"

Er schüttelte den Kopf. „Manchmal frage ich mich wirklich, wie deine Gedankengänge funktionieren."

Jennys Wangen wurden heiß. „Nicht alle von

uns können die ganze Zeit nur grunzen und finster dreinblicken. Ich bin fast einen halben Meter kleiner als du, das würde bei mir einfach nicht so gut funktionieren."

Er ließ die Arme sinken und beugte sich vor. „Das war kein Seitenhieb, versprochen. Ich glaube nur, ich habe noch nie jemanden wie dich getroffen. Du bist viel direkter und ehrlicher als alle anderen."

Sie seufzte. „Ich weiß. Das ist so eine Art Schwäche von mir. Aber ich bin eine schreckliche Lügnerin, und ich hasse es, Zeit damit zu verschwenden, um den heißen Brei herumzureden. Das war definitiv das Schwierigste am Lehrerberuf – diplomatisch mit Eltern über ihre Kinder zu sprechen."

Er schnaubte. „Das glaube ich gern." Er stützte die Ellbogen auf die Theke und beugte sich vor.

Verdammt, er hatte nicht einmal geduscht oder sich richtig angezogen, und trotzdem sah Daniel mit diesem markanten Kiefer, den tief liegenden Augen und genau dem richtigen Maß an dunklen Bartstoppeln aus wie ein Model oder Filmstar. Das Gerücht, dass Drachenwandler im genetischen Lotto gewonnen hatten, schien eindeutig zu stimmen.

Hör auf, darüber nachzudenken, wie verflixt sexy er ist. Jenny räusperte sich. „Ich weiß, ich habe aufgegessen, aber erzählst du mir was von deiner Nichte? Wer weiß, vielleicht könnte ich sie eines Tages kennenlernen und ihre Fragen beantworten."

Innerlich stöhnte sie. Sie hatte sich gerade praktisch selbst in seinen Clan eingeladen.

Daniel lächelte. „Das könnte passieren. Was meine Familie angeht“ – er hielt inne, stand auf und nahm ihren Teller – „erzähle ich dir davon, während ich den Abwasch mache.“

Sie sprang auf. „Ich helfe dir.“

Als sie nebeneinander am Spülbecken standen, nah genug, um sich beinahe zu berühren, konnte Jenny die Wärme spüren, die von Daniels Körper ausging. Er drehte das heiße Wasser auf und begann wieder zu sprechen.

„Ich habe einen jüngeren Bruder. Er hat eine Gefährtin, und zusammen haben sie einen Sohn und eine Tochter. Meine Nichte ist die Jüngste, und auch, wenn ich eigentlich keinen Liebling haben sollte, ist sie es. Ich kann nicht anders.“

Jenny lachte. „Das verstehe ich. Ich habe zwei Neffen, und ich liebe sie beide über alles, aber einer will mich immer sehen, strahlt jedes Mal, wenn ich den Raum betrete, und ich kann einfach nicht anders, als ihn ein kleines bisschen mehr zu vergöttern.“

Er warf ihr einen Blick zu und widmete sich dann wieder dem Abwasch. „Sie ist acht und fest entschlossen, Lehrerin zu werden und die Welt zu verändern. Da ich während meiner Zeit bei der Air Force ein Jahr mit Menschen zusammengelebt habe, fragt sie mich ständig, inwieweit alles für sie anders ist. Auch wenn ich nicht behaupte, ein Experte zu sein oder so.“

Allein die Vorstellung, wie Daniel geduldig die Fragen seiner Nichte beantwortete, brachte sie zum Lächeln. „Der liebevolle Onkel. Das ist wirklich süß."

Er brummte. „Ich bevorzuge nett. Drachenmänner sind nicht süß."

Sie lachte. „Wenn du es abstreitest, stimmt es hundertprozentig." Daniel knurrte, und sie fügte hinzu: „Gut, gut, wir bleiben vorerst bei nett. Aber ich finde es trotzdem süß." Sie stieß spielerisch mit der Hüfte gegen seinen Oberschenkel. „Wenigstens redest du jetzt mehr, als dass du knurrst."

Er seufzte, und sie musste kichern. Er ließ sich einfach so herrlich aufziehen.

Daniel begann schließlich, die Teller zu spülen, und reichte sie ihr zum Abtrocknen. „Aber zurück zu deiner Idee – was genau willst du wissen?"

Sie schüttelte den Kopf. „Das weiß ich selbst noch nicht genau. Die Idee ist neu, und ich muss recherchieren. Hast du hier Internet?"

Er schüttelte den Kopf. „Nein, es ist ausgefallen, und wir haben hier draußen noch kein Satelliteninternet installiert."

„Weißt du, du bist wirklich technikaffiner, als ich es von einem Drachenwandler erwartet hätte."

„Das muss ich sein, um meinen Clan schützen zu können. Deshalb bin ich überhaupt hier draußen."

Er erstarrte, und sie wusste, dass er es bereute, diese Information preisgegeben zu haben. Aber sie würde das nicht einfach übergehen. Wenn er sie für eine Spionin hielt, dann bitte. Wer wusste schon, wann sie wieder Gelegenheit bekäme, einem Drachen so viele Fragen zu stellen?

„Mit welchen Bedrohungen musst du dich rumschlagen?"

Daniel wusch einfach weiter ab, erst die Teller, dann die letzte Pfanne. Und erst als sie alles abgetrocknet hatte, drehte er sich zu ihr um und sagte: „AHOL. Meistens. Du kennst sie vielleicht besser als die Liga."

Sie hatte vage Nachrichtenberichte über einen Angriff hier oder dort gehört. „Ein bisschen. Seit jeder mit seinem Handy filmen kann, landet manches eben in den Nachrichten."

„Das ist Fluch und Segen zugleich, aber meistens gut. Es bedeutet, dass das ADDA nicht mehr alles vertuschen kann wie früher."

Es dauerte einen Moment, bis sie ADDA mit dem *American Department of Dragon Affairs* in Verbindung brachte. „Aber hat nicht eine von ihnen irgendwo in der Nähe von Lake Tahoe einen Drachenwandler als Gefährten genommen? Ich meine, das irgendwo gehört zu haben."

„Ja. Dank Ashley haben wir es hier besser als viele andere. Aber wie ein Drachenclan behandelt wird, hängt stark davon ab, wo man lebt."

Allein dieser Satz ließ sie glauben, eine ganze Buchreihe über Drachenwandler in den USA schreiben zu können. „Konzentrieren wir uns erst einmal auf den Großraum Tahoe. Gibt es Clan-Treffen? Irgendwelche Feste? Kommen die

Schulkinder zusammen und lernen sich kennen? Oder bleiben die Clans für sich?“

Sie standen sich noch immer vor dem Spülbecken gegenüber, und Daniel suchte ihren Blick, während er sich unwillkürlich näherte. Eine Mischung aus männlicher Würze und Erde stieg ihr in die Nase, und sie musste sich zusammenreißen, nicht noch näher zu kommen, um besser schnuppern zu können.

Er roch wirklich gut. Und für einen Moment fragte sie sich, wie es wäre, die Nase an seinen Hals zu drücken, tief einzuatmen und dann in seine Haut zu beißen.

Daniels Pupillen verengten sich zu Schlitzen und wurden wieder rund. Seine raue Stimme war tief und rollte über sie hinweg, sodass sie angenehm erschauerte. „Tu das nicht.“

„Was?“

Seine Pupillen blitzten noch schneller. „Drachen haben schärfere Sinne. Wusstest du das?“

„Ich glaube schon. Warum ist das wichtig?“

Daniel beugte sich zu ihrem Ohr, sein heißer Atem strich über ihre Haut. „Weil ich spüren kann, wenn du schmutzige Gedanken hast, Jenny. Und das macht meinen Drachen wahnsinnig.“

Ihr Herz raste. Und je länger Daniel an ihrem Ohr blieb, sich keinen Zentimeter zurückzog, desto mehr Hitze schoss durch ihren Körper und sammelte sich zwischen ihren Schenkeln.

Scheiße! Meinte er das? Konnte er sie riechen? So viel dazu, dass Frauen Erregung leichter verbergen konnten als Männer. Bei Drachenwandlern schien das definitiv nicht der Fall zu sein.

Sie hätte sich schämen müssen, aber als er sanft über ihren Oberarm strich, hinunter zu ihrer Hand und wieder zurück, war es ihr seltsam egal. „Wenn du sagst wahnsinnig, meinst du mordlustig-wahnsinnig oder eher lust-wahnsinnig?"

Er lachte leise. „Du hast keinen Filter oder, Jenny?"

Eine Entschuldigung lag ihr auf den Lippen – Corey hatte ihr immer gesagt, sie solle lernen, erst zu denken und dann zu reden, und es war beinahe zur Gewohnheit geworden –, doch Daniel legte seinen Zeigefinger auf ihre Lippen und richtete sich auf, bis er ihr in die Augen sehen konnte.

„Sieh nicht so verdammt verlegen aus. Es gefällt mir, wie du über alles sprichst. Ich habe so viele Jahre damit verbracht, genau das Gegenteil zu tun. Und auch wenn es zum Schutz meines Clans oder meines Landes in der Air Force war, hat es mir nicht immer gefallen."

Sie sahen einander an, und Jenny schwankte unwillkürlich ein wenig in seine Richtung. Allein das Gefühl seines Fingers auf ihren Lippen, warm und rau, weckte den Wunsch, ihn beiseitezuschieben und Daniel zu küssen.

Als ihr Körper ihrem Gedanken folgte und sie auf die Zehenspitzen ging, um seinem Gesicht näherzukommen, flackerte Panik in Daniels Augen auf. Er schob sie von sich und machte drei große Schritte zurück.

Seine Reaktion traf sie wie ein Schlag. Hatte sie etwa alle Signale falsch gedeutet?

Daniel knurrte. „Sieh mich nicht so an."

„Wie denn?"

„Als hätte ich dir gerade dein Kätzchen weggenommen."

Wut flammte in ihr auf, und sie vergaß jede Verlegenheit. „Oh, tut mir leid. Ich wusste nicht, dass ich lächeln und lachen soll, wenn ich zurückgewiesen werde. Gut zu wissen, dass Drachenmänner sich nicht so sehr von menschlichen Männern unterscheiden – ihr wollt beide, dass wir mehr lächeln, damit ihr euch besser fühlt."

Sie drehte sich um, um zu gehen, doch Daniel packte ihr Handgelenk. „Geh nicht. Nicht so."

Sie hätte davonstürmen sollen, wirklich. Monate des Wiederkäuens ihrer letzten Beziehung hatten ihr schonungslos vor Augen geführt, wie viel sie von Corey geschluckt hatte, wie sie seine verletzenden Worte und unrealistischen Erwartungen ertragen und alles versucht hatte, um es ihm recht zu machen.

Auf keinen Fall würde sie das noch einmal tun, wenn sie es verhindern konnte. Sie warf ihm über die Schulter einen scharfen Blick zu. „Warum zum Teufel nicht? Wir sitzen vielleicht fest, aber ich kann im Schlafzimmer bleiben und dir Raum geben. Keine Sorge, ich werde nicht nochmal versuchen, dich zu küssen. Botschaft angekommen, laut und deutlich."

Er knurrte, trat dicht hinter sie und sagte: „Du hast keine verdammte Ahnung, was ich will, Jenny. Aber was ich will und was ich haben kann, sind zwei völlig verschiedene Dinge."

Sie blinzelte. Damit hatte sie nicht gerechnet.

Trotzdem würde sie sich sein Hin und Her nicht gefallen lassen. Als Jenny sich umdrehte, legte Daniel von hinten einen Arm um ihre Taille und hielt sie fest. Sie knurrte leise. „Erklär mir das, oder lass mich los, Daniel."

Mit einem Seufzen antwortete er: „Okay. Ich erkläre es dir. Die Wahrheit ist – mein Drache glaubt, dass du meine wahre Gefährtin bist. Und wenn ich dich küsse, wird das eine Menge Ärger verursachen – vor allem werde ich dich dann nicht mehr schützen können."

Ihr Herz pochte heftig gegen ihre Rippen, und mit heiserer Stimme fragte sie: „Hast du gerade wahre Gefährtin gesagt?"

„Ja." Er schmiegte sein Gesicht an die Seite ihres Halses, und sie zwang sich, stark zu bleiben. „Weißt du, was das bedeutet?"

Es fiel ihr schwer, sich zu konzentrieren, während Daniel sein Gesicht an ihrer Haut rieb, vor und zurück, und die rauen Stoppeln schickten heiße Wellen durch ihren Körper. „Irgendwas mit deinem Drachen, der mich beanspruchen will, Sex und Babys? Glaube ich?"

Er küsste die Seite ihres Halses, und sie konnte

ein Seufzen nicht unterdrücken. „Ja. Wenn du meine wahre Gefährtin bist – und das werde ich erst sicher wissen, wenn ich dich küsse –, wird mein Drache, sobald ich meine Lippen auf deine lege, nach der Kontrolle greifen. Er wird dich immer und immer wieder ficken wollen, bis du schwanger bist. Und ich kann das nicht zulassen."

Gerade, als sie begonnen hatte, sich ihm wieder ein wenig zu öffnen, musste er sowas sagen. „Das nenne ich mal gemischte Signale. Und ganz davon abgesehen, dass du mich nicht einmal gefragt hast, ob ich so eine Zukunft überhaupt wollen würde – warum bist du so dagegen? Weil ich ein Mensch bin? Zu redselig? Irgendein anderer Makel, den ich dir noch offenlegen muss, bevor du mir irgendeine Art von Antwort gibst?"

Einen Moment lang sagte er nichts. Und dann noch einen.

Sie zwang sich, stark zu bleiben, nicht wieder auf den Pfad der Selbstzweifel abzurutschen, nicht an Coreys ständige Kritik zu denken, die jedes Mal ihr Selbstwertgefühl zerschmettert hatte.

Als er noch immer schwieg, weigerte sie sich, wegen seiner Zurückweisung zu weinen. Gut. Er hatte ihr geholfen, und sie war ihm dankbar dafür. Aber wenn sie schon weiß Gott wie lang in derselben Hütte bleiben mussten, würde sie Abstand halten.

Als sie versuchte, zu gehen und an seinem Arm zu ziehen, damit er sie losließ, flüsterte Daniel: „Du solltest in keiner Hinsicht die Richtige für mich sein, und trotzdem fühlt es sich an, als hätte ich mein Zuhause gefunden, wenn ich bei dir bin. Ich will dich einfach nur festhalten und nie wieder loslassen. Ich weiß, das klingt lächerlich nach so kurzer Zeit, und wahrscheinlich sollte ich meinen Kopf untersuchen lassen, aber so ist es."

Sie seufzte. „Wie nett. Ein Kompliment kombiniert mit einem weiteren versteckten Seitenhieb. Lass mich los, Daniel. Sofort."

„Ich mache das falsch. Lass mich das erklären – so gut ich eben kann."

„Die Wahrheit oder nichts. Ich habe schon mit meinem Ex mit Lügen leben müssen, und ich werde das nicht nochmal akzeptieren. Ich weiß, wir sind nichts, nur zwei Fremde, aber ich mag es nicht, mich so zu fühlen, als wäre ich nicht einmal ein bisschen Wahrheit wert, Daniel. Das tut weh. Sehr sogar."

Er zog sie fester an sich und murmelte: „Dann sage ich dir die Wahrheit. Lauf nur nicht weg. Zumindest noch nicht."

Diese Worte weckten genug Neugier in ihr, um einen Moment zu verharren und abzuwarten, ob er sich wirklich erklären würde.

Kapitel Sieben

Daniel wusste, dass er es vermasselt hatte. Jenny hatte sich angehört, als wäre sie kurz davor zu weinen, und weder Mann noch Tier gefiel das.

Aber er steckte in einer unmöglichen Situation. Seinen Clan zu schützen, war für ihn alles, und selbst wenn Jenny tatsächlich seine wahre Gefährtin war, kannte er sie noch nicht einmal einen ganzen Tag. Wie sollte er ihr die Bedrohung durch die Liga erklären, den eigentlichen Grund, warum er überhaupt in dieser Hütte stationiert war?

Sein Drache meldete sich. *Stoß sie nicht ganz weg. Wir sollten sie beschützen, ihr eine Chance geben und wenigstens ein bisschen was erzählen. Sonst will sie vielleicht nichts mehr mit uns zu tun haben. Wir würden unsere wahre Gefährtin verlieren.*

Du kannst es nicht sicher wissen, ohne sie zu küssen.

Ich weiß. Und du solltest sie besser nicht vertreiben. Rede mit ihr. Lass sie an dich ran.

In seinem Geist schlug sein Drache mit den Flügeln, und Daniel knurrte leise. *Ich werde es versuchen.*

Er hielt Jenny noch einen Moment fest, atmete ihren süchtig machenden weiblichen Duft dort ein, wo ihr Hals auf ihre Schulter traf, und konnte nicht widerstehen, ihre Haut nochmal zu küssen. Sie erschauerte kurz, bevor sie sich anspannte.

„Fang an zu reden oder ich trete dir auf die Zehen, und du bekommst meinen Ellbogen zu spüren, bis du mich loslässt“, sagte sie.

Auch wenn er bezweifelte, dass sie sich wirklich aus seinem Griff befreien konnte, holte er tief Luft und platzte heraus: „Ich bin hier, um nach Feinden Ausschau zu halten. Wenn ich dich küsse und der Rausch anfängt, bringe ich dich damit in Gefahr. Und nicht nur das – wenn meine Feinde mich gefangen nehmen und Lösegeld verlangen, könnte ich damit meinen ganzen Clan gefährden.“

Er ließ den Kopf auf ihre Schulter sinken. „Seit gestern will ich dich küssen, Jenny. Aber es steht zu viel auf dem Spiel. Eine der Bürden, ein Beschützer des Clans zu sein, ist, dass man seine eigenen Wünsche manchmal zurückstellen muss, auch wenn man das nicht will.“

Sie entspannte sich ein wenig, und beinahe hätte er erleichtert aufgeatmet. Vielleicht kam sie ihm wieder näher.

„Welcher Feind? Sind wir im Moment sicher? Warum können nicht einfach ein paar Drachen herfliegen und die Hütte im Auge behalten?“

Sein Herz schlug schneller, als er den Unterton ihrer Worte bemerkte. „Du willst das Risiko eines Gefährtenrauschs eingehen?“

„I-ich weiß nicht. Aber ich mag es nicht, wenn du die Entscheidung ohne mich triffst.“ Als sie sich wand und sich an seinem Schwanz rieb, holte er scharf Luft. „Lässt du mich los, damit wir uns ansehen können, wenn wir reden? Es ist schwer, sich zu konzentrieren, wenn ein heißer, muskulöser Drachenmann mich festhält.“

Sein Drache schnaubte. *Warte nur, bis sie nackt ist. Dann wird sie festgehalten und bis zum Rand mit Drachenmann gefüllt.*

Hör auf damit.

Sein Tier lachte und verstummte zum Glück.

Daniel ließ Jenny los, und sie drehte sich zu ihm um. Er konnte nicht widerstehen, seine Hand an ihre Wange zu legen und mit dem Daumen über ihre weiche Haut zu streichen. Ihre Augen suchten seine, und er zeigte so viel Wahrheit und Verlangen, wie er konnte.

Sie schnappte nach Luft. „Du willst mich wirklich, oder?“

„Warum klingst du so überrascht?“ Sie biss sich auf die Unterlippe, und er kniff die Augen zusammen. „Hat das mit diesem Arschloch, deinem Ex zu tun?“

„Ähm, vielleicht.“

„Egal, was er gesagt oder getan hat, er ist ein Idiot. Jeder Mann, der ausnutzt, wie süß du bist, und dich dann fallen lässt, sobald es ein bisschen schwierig wird, ist deine Zeit nicht wert."

„Wie kannst du das alles sagen? Du kennst mich noch keinen Tag."

Er senkte den Kopf und flüsterte: „Weil es die Wahrheit ist. Ich weiß nicht, ob es daran liegt, dass wir vermutlich wahre Gefährten sind, aber ich glaube, wir waren beide ehrlicher, als wir es vorhatten – wenn man bedenkt, dass wir gestern noch Fremde waren. Habe ich recht?"

Sie nickte.

„Ich glaube, deshalb fühle ich mich zu dir hingezogen und will dich küssen, um zu sehen, ob du mir gehörst. Aber es wird Zeit brauchen. Denke nicht, dass ich es hinauszögere, um dich hinzuhalten oder dich später doch zurückzuweisen. Nein, es ist so, weil ich nicht mit mir leben könnte, wenn ich dich nicht schützen kann und dir deshalb irgendwas zustößt."

„Ist es wirklich so ernst?"

Sein erster Impuls war, sich zurückzuhalten. Doch er kämpfte dagegen an, weil er wusste, dass er Jenny zumindest ein Stück weit sein Vertrauen zeigen musste. Er würde nie die größten Geheimnisse seines Clans so früh preisgeben, aber jeder, der die Gegend kannte, wusste, wovon er sprach.

„Ja. In den Wäldern rund um das Clanland werden immer häufiger Testexplosionen gezündet. Sie achten darauf, unser Gebiet nie zu betreten – das würde das ADDA auf den Plan rufen –, aber die Einschüchterung wirkt. Viele aus meinem Clan haben Angst, das Gelände überhaupt zu verlassen."

Ihre Augen weiteten sich. „Ich hatte keine Ahnung, dass es so schlimm ist."

Er konnte nicht widerstehen, ihr Gesicht in beide Händen zu nehmen und sanft über ihre Wangen zu streichen. Allein sie zu berühren beruhigte ihn und hielt seine übliche Wut auf die Liga im Zaum.

Er nickte. „Anfangs hat das ADDA es ernst genommen. Aber in letzter Zeit sind sie nachlässiger geworden. Ich habe keinen Beweis, aber ich glaube, ein Sympathisant der Liga hat sich entweder dort eingenistet oder hat jemanden bestochen, damit sie Angriffe auf Drachen weniger gründlich untersuchen."

„Ich wünschte, ich könnte dir helfen. Aber es gibt eine langfristige Lösung." Sie beugte sich ein wenig vor, und Hoffnung keimte in ihm auf. „Ich glaube, viel von dem Aberglauben und Hass gegenüber Drachenwandlern kommt daher, dass Menschen einfach zu wenig über euch wissen. Selbst wenn es dein akutes Problem nicht löst – Bildung ist der Schlüssel. Und ich sage das nicht nur, weil ich Lehrerin war."

Es gefiel ihm, die goldenen Sprenkel in ihren braunen Augen zu sehen. „Die Lehrerin in dir wird immer da sein, und das ist gut. Und du hast recht – es hilft vielleicht nicht jetzt sofort, aber deine Idee mit neuen Schulbüchern könnte langfristig etwas bewirken. Sobald ich die Leute gefunden habe, die uns derzeit bedrohen, und sie verhaftet sind, helfe ich dir bei deinem Projekt, Jenny. Das verspreche ich."

Sie lächelte zu ihm auf, und sein Herz setzte einen Schlag aus. Noch bevor sie etwas sagen konnte, platzte er heraus: „Du bist so wunderschön, Jenny. Ich kann nicht glauben, dass du in mein Leben gestolpert bist – oder dass du höchstwahrscheinlich meine wahre Gefährtin bist."

„Genau genommen ist es mein Auto, das schuld ist, dass ich hier bin. Und ich hatte kein Mitspracherecht dabei, deine wahre Gefährtin zu sein. Aber ich glaube, ich würde dich vielleicht gern besser kennenlernen. Dann kann ich entscheiden, was ich will."

Sie biss sich auf die Lippe und fügte hinzu: „Ich wünschte nur, ich könnte dich küssen, ohne einen Sexmarathon auszulösen. Aus einem Kuss kann man viel lesen."

Er strich ihr sanft eine Haarsträhne aus dem Gesicht. „Es gibt viele Küsse, bei denen meine Lippen nicht deine berühren müssen."

Er senkte den Kopf und strich mit den Lippen über ihren Hals. „Zum Beispiel hier."

Dann wanderte er tiefer und küsste die Stelle am Ansatz ihres Halses, verweilte dort und leckte sanft über ihre Haut. „Oder hier."

Er bewegte seinen Kopf zwischen ihre Brüste und küsste über den Stoff ihrer Kleidung hinweg. „Und hier."

Ihre Stimme war atemlos. „Und tiefer?"

Er hob den Blick und sah sie an. „Willst du das? Wenn ich dir die Jeans vom Leib reiße und dich dort küsse, wo du es am liebsten willst, dann könnte ich wahrscheinlich ein paar Stunden durchhalten, ohne daran zu denken, deinen Mund mit meinem zu beanspruchen."

Ihr Atem stockte. „Du willst mich wirklich zwischen meinen Beinen lecken?"

Der Unglaube in ihrer Stimme ließ ihn die Stirn runzeln. „Natürlich will ich das. Allein die Vorstellung, wie du schmeckst, dein Duft, deine süßen Laute, wenn du dich um meine Finger windest – das macht meinen Schwanz hart, und er schmerzt vor Verlangen nach dir."

Ihre Wangen röteten sich, und sie wandte den Blick ab. „Ich hatte das erst zweimal. Und nur, weil ich gedrängt habe."

Sein innerer Drache knurrte. *Wer zum Teufel war dieser Ex? Eine Pussy zu lecken ist köstlich und wunderbar und bringt eine Frau zum Schreien.*

Ich weiß nicht. Aber ich habe das Gefühl, er hat ihrem Selbstwertgefühl geschadet – so sehr, dass es sie noch immer beeinflusst.

Dann bau es wieder auf und überzeuge sie, dass wir sie stundenlang lecken und trotzdem nicht genug bekommen würden.

Daniel richtete sich auf, nahm ihr Kinn sanft zwischen die Finger und zwang sie, ihn anzusehen. „Ich sehne mich danach, deinen Geschmack zu kosten, Jenny. Und nicht nur das – dich im Lustrausch zu sehen, wird sowohl Mann als auch

Tier vor Zufriedenheit summen lassen, weil Drachenwandler es ernst meinen, wenn es darum geht, ihre Gefährtinnen zu befriedigen. Wenn du meine bist, wirst du allein von meinem Samen kommen. Dich also zu lecken, bis du kommst, ist für mich eine Art zu zeigen, dass ich deiner würdig bin."

Sie zog eine Augenbraue hoch. „Das kannst du doch nicht ernst meinen. Männer reden nicht so."

Er beugte sich näher, bis sein Gesicht nur noch wenige Zentimeter von ihrem entfernt war. „Vielleicht Menschen nicht. Aber ich versichere dir, Drachenwandler schon. Und wenn du mir nicht glaubst, kannst du jeden aus meinem Clan fragen, wenn du uns besuchst."

„Wenn ich euch besuche? Also ist das schon entschieden?"

Ihr Lächeln ließ ihre Worte weniger scharf wirken, und er knabberte sanft an ihrem Kiefer. „Nun, dein Auto muss repariert werden, oder? Die nächste Werkstatt, die das kann, ist auf dem Land des MirrorPeak-Clans."

Sie lachte. „Okay, okay, das ist ein guter Punkt. Ich dachte schon, du willst mich einfach über deine Schulter werfen und verschleppen."

Daniel lehnte sich zurück. „Wenn du das willst, mache ich es. Allein die Vorstellung deiner Brüste an meinem Rücken, deines schönen Pos genau da, wo ich ihn packen und festhalten kann, und deines Dufts in meiner Nase – du hast keine Ahnung, wie hart mich das macht, Jenny. Ich könnte fast darum betteln."

Sie versetzte ihm einen Klaps auf die Brust. „Sei nicht albern."

„Willst du eine Demonstration?"

Als sie seinen ernsten Ton hörte, fragte sie: „Du denkst dir das nicht alles nur aus, oder?"

„Nein."

Ihr Atem kam schneller, ihre Wangen färbten sich rosa. „Also ist das die Masche, mit der du mich ins Bett bekommst, bevor du mich ausziehst und mich da unten küsst?"

Er hatte bemerkt, dass ihre Worte fast jugendfrei waren – wahrscheinlich wegen ihres früheren Berufs als Grundschullehrerin. Und der Teufel in ihm wollte sie die explizite Version sagen hören.

Er beugte sich zu ihrem Ohr, legte besitzergreifend eine Hand auf ihren Po und drückte zu. „Deine Pussy lecken? Ja. Sag mir, was du willst, Jenny. Ich bin ein erwachsener Mann. Wenn du mir sagst, dass du das willst oder dass ich dich mit meinem Mund ficken oder dich hart zum Kommen bringen soll – das macht mich härter, als ich es je in meinem Leben war."

„Daniel."

Er nahm ihr Ohrläppchen zwischen die Zähne und zog daran. Er liebte es, wie sie stöhnte und sich an ihn schmiegte. Als er sie losließ, fügte er hinzu: „Sag es, Jenny. Sag mir genau, was du willst, und ich sorge dafür, dass du so heftig kommst, dass du für ein paar Sekunden deinen eigenen Namen vergisst."

„Ich …" Ihre Stimme versiegte, dann räusperte sie sich und flüsterte: „Ich will, dass du meine Pussy leckst, Daniel. Bring mich zum Kommen. Bitte."

Ihr „Bitte" ließ etwas in ihm einrasten. Vielleicht konnte er sie nicht mit seinem Schwanz nehmen, aber er würde es verdammt nochmal mit seinem Mund tun und jede halbherzige Erinnerung an ihren Ex auslöschen.

Er trat zurück, warf sie sich über die Schulter und trug sie ins Schlafzimmer. Dabei griff er nach einer ihrer Pobacken, knetete sie und versetzte ihre mit der flachen Hand einen Klaps.

„Daniel", hauchte sie.

„Daniel gut oder Daniel schlecht?"

Er tat es noch einmal, und sie stöhnte. „Gut. Definitiv gut."

Sein Drache summte. *Ja, ja. Das können wir zumindest tun. Auch wenn ich immer noch finde, du solltest sie einfach küssen und beanspruchen. Dann kann sie niemand sonst haben.*

Niemand wird sie uns wegnehmen. Niemals. Aber ich darf nicht nur mit meinem Schwanz denken. Würdest du ihre Sicherheit riskieren?

Nein.

Dann machen wir es auf meine Weise.

Sie erreichten das Bett, und er setzte Jenny sanft darauf ab. Er stützte einen Arm links und rechts neben ihre Hüften und beugte sich zu ihr hinunter. „Soll ich dir die Jeans langsam oder schnell ausziehen?"

Sie wand sich auf dem Bett, und ihr Duft ließ

seinen Drachen summen. Mit Mühe konzentrierte er sich auf ihre Antwort. „Schnell. Definitiv schnell."

„Auch wenn sie danach in Fetzen sind?"

Ihre Augen weiteten sich, doch sie nickte.

Mit einem Knurren ließ er eine Kralle hervorschnellen. Mit einem geschickten Schnitt erst das eine Bein hinunter, dann das andere, riss er ihr die Jeans mühelos vom Leib und warf das zerstörte Kleidungsstück über seine Schulter.

„Spreiz diese schönen Schenkel für mich, Jenny. Lass mich dich sehen, bevor ich dasselbe mit deiner Unterwäsche mache."

Ein weniger geduldiger Mann hätte ihr sofort auch das schlichte Baumwollhöschen zerrissen. Aber er wollte sie tropfend nass und pochend – und ein wenig Vorfreude machte alles nur intensiver.

Jenny öffnete langsam die Beine und er strich mit den Händen über ihre Schenkel. Sie war überall so weich, und er konnte es kaum erwarten, dass ihre Kurven seine Hüften umschlossen, wenn er in sie stieß. Oder seine Bartstoppeln über die Innenseiten ihrer Schenkel zu reiben und sie damit zu markieren.

Selbst durch den Stoff konnte er sehen, wie feucht sie war.

„Daniel?"

Ihre Stimme holte ihn zurück in die Gegenwart, und er kniete sich zwischen ihre Beine. Als er ihrem Blick begegnete, knurrte er fast, weil er den Anflug von Unsicherheit sah. „Du bist verdammt wunderschön, Jenny. Ich könnte dich den ganzen Tag ansehen und hätte immer noch nicht genug."

„Du musst keine großen Worte machen."

„Dein Ex war ein Arschloch."

„Was?"

Er strich mit einer Hand über ihren linken Schenkel, dann über den rechten, nahm sich Zeit, sie zu liebkosen, zu drücken, seine Nägel über ihre empfindliche Haut gleiten zu lassen. „Vergiss ihn. Dein Körper macht mich so hart, dass es wehtut, Jenny. Du bist perfekt, und ich werde dir beweisen, wie verdammt begehrenswert du bist."

Er beugte sich vor und biss sanft in ihren Schenkel.

„Oh", hauchte sie.

Er tat es auch auf der anderen Seite und küsste sich dann langsam höher, bis zu dem Punkt, an dem ihr Schenkel in die Hüfte überging – und zu ihrem Höschen über ihrer Pussy. Er atmete tief ein und knurrte: „Dein Duft macht mich wahnsinnig, Jenny. Ich will dich so sehr schmecken. Aber erst, wenn du verstehst, was du mit mir anstellst."

Er hatte nicht vorgehabt, jeden Zentimeter ihres Körpers zu küssen. Doch ihr unsicherer Blick nagte noch immer an ihm, und das würde er nicht zulassen.

Zeit, sie zu verehren, wie jeder Mann es tun sollte.

Daniel küsste ihren Bauch knapp oberhalb ihres Höschens, dann schob er langsam, quälend langsam, ihren Pullover und ihr Hemdchen hoch und legte ihre weiche, blasse Haut frei.

Er presste den Mund knapp über ihrem Nabel auf ihre Haut, dann höher, bis er direkt unter ihrem BH innehielt. Er schob das Shirt ganz bis zu ihrem Hals hinauf, starrte auf ihre Brüste und knurrte: „Ich muss sie saugen, an ihnen knabbern, bis du dich windest und mich anflehst, endlich deine Pussy zu berühren."

„Ja, bitte."

Vielleicht hätte er gelächelt, wenn er nicht so sehr von ihrem wunderschönen Körper abgelenkt gewesen wäre.

Doch stattdessen ließ er eine Kralle hervorschnellen und schnitt ihren BH auf – und ihre Brüste waren frei.

Verdammt, sie hatte rosafarbene Nippel, hart und erigiert, als würden sie ihn anflehen, sie in den Mund zu nehmen.

Er umschloss eine mit seinen Lippen, biss sanft hinein und zwirbelte die andere mit den Fingern. Sie legte die Hand an seinen Kopf und hielt ihn fest, fast als hätte sie Angst, er könnte verschwinden.

Ganz sicher nicht.

Er saugte tief, ließ seine Zunge über ihre harte Spitze kreisen. Als er sie freigab, hauchte er langsam über ihre feuchte Haut, und sie grub die Nägel in seine Kopfhaut. „Ja, Daniel. Mehr, gib mir mehr."

Sie reagierte so verdammt sensibel auf seine Berührungen, und sowohl Mann als auch Tier wünschten sich, sie einfach jetzt nehmen und beanspruchen zu können. Er würde nie genug davon bekommen, herauszufinden, was sie mochte, es ihr zu geben und sie so lange zu verwöhnen, bis sie seinen Namen schrie.

Sein Drache knurrte. *Hör auf zu trödeln. Ich will ihre Pussy schmecken. Jetzt.*

Gleich. Ich darf die andere Brust nicht vernachlässigen.

Bevor sein Tier widersprechen konnte, nahm er ihre andere Brust in den Mund und liebkoste sie mit denselben Bissen, Lecken und Saugbewegungen. Jenny stellte die Füße aufs Bett und schob ihm ihre Hüften entgegen.

Verdammt! Was würde er darum geben, in sie einzudringen und zu spüren, wie sie sich um seinen Schwanz zusammenzog.

Da er das nicht konnte, ließ er ihre Brust los und küsste wieder ihren Körper hinab, presste die Lippen auf so viel ihrer Haut wie möglich. Als er ihr Höschen erreichte, griff er nach dem Saum und riss es an der Seite auf.

Er warf es in weitem Bogen weg, spreizte ihre Schenkel und starrte auf ihre feuchte, geschwollene Pussy. „So verdammt perfekt. Und meine."

Ohne ein weiteres Wort senkte er den Kopf und leckte sie langsam – von ihrem Eingang hinauf zu ihrer Klitoris und wieder zurück.

Ihr Geschmack machte ihn süchtig, und er verlor sich im Geschmack ihrer Pussy, genoss es, wie sie sich bei jedem Zungenschlag wand.

„Daniel, bitte!"

Er sah auf und bemerkte ihre geweiteten Pupillen und das gerötete Gesicht. „Bitte was?“

„Bring mich zum Kommen.“ Sie hob die Hüften ein wenig. „Ich bin schon so nah dran. Bitte hör nicht auf.“

Er schob die Hände unter ihren Po und hob sie an, um sie besser erreichen zu können. Noch ein paar Mal leckte er an ihrem Eingang – er konnte nicht widerstehen –, dann ließ er seine Zunge endlich auf ihre Klitoris gleiten.

Er umkreiste sie langsam, lernte, was sie mochte – schnell, mit viel Druck. Dann stieß er zwei Finger in ihre heiße Pussy und stöhnte. Sie war so eng, und er liebte es, wie ihre inneren Muskeln seine Finger sofort umklammerten.

Sein Schwanz pochte, wollte in sie stoßen, doch er konzentrierte sich auf ihre Klitoris. Während er mit den Fingern langsam in sie hineinstieß, saugte er schließlich an der kleinen harten Knospe, und sie wand sich und schrie auf.

Ihre inneren Zuckungen gingen weiter und weiter, genauso wie ihr Stöhnen, bis ihr Körper sich schließlich beruhigte und sie erschöpft auf das Bett sank.

Daniel hob den Kopf, begegnete ihrem Blick und leckte seine Finger.

Verdammt, ihr Orgasmus war köstlich.

Sein Drache summte. *Du solltest mehr tun, viel mehr. Sie nehmen, sie küssen, sie zu unserer machen.*

Da seinem inneren Tier der fordernde,

dringliche Ton fehlte, der angeblich einen Rausch begleitete, geriet er nicht in Panik. Soweit Daniel wusste, würde sein Drache sich beherrschen, solange er Jennys Mund nicht küsste.

Er kroch an ihrem Körper hinauf, schmiegte sich an sie und küsste langsam die Seite ihres Halses. „Wie war das?"

„Unglaublich. Ich versuche immer noch, wieder zu Atem zu kommen."

Er lachte leise und legte besitzergreifend eine Hand auf eine ihrer Brüste. „So sollte es jedes Mal sein. Auch wenn ich ein bisschen ehrgeizig bin – beim nächsten Mal will ich dich noch lauter schreien hören."

„Beim nächsten Mal?"

Er hob den Kopf und strich ihr über die Wange. „Natürlich beim nächsten Mal. Jetzt, wo ich dich gekostet habe? Verdammt, ich werde das wieder und wieder wollen."

Sie runzelte die Stirn. „Sind alle Drachenwandler so?"

Er schmunzelte. „Die meisten. Wir wissen, wie man seine Partnerin behandeln sollte."

Doch während er es sagte, fluchte Daniel innerlich. Er wollte sie nicht verschrecken, und es so klingen zu lassen, als gehöre sie ihm bereits, könnte genau das bewirken.

Trotzdem streichelte er über ihre Wange und wartete auf ihre Antwort. Er würde es nicht herunterspielen, denn für ihn war sie längst seine.

Ja, sie kannten noch nicht jedes Detail voneinander. Doch er wusste genug – zusammen mit dem Instinkt seines Drachen –, um zu begreifen, dass sie seine beste Chance auf eine glückliche Zukunft war.

Kapitel Acht

Jenny versuchte noch immer, ihr Gehirn wieder in Gang zu bekommen, als Daniel davon sprach, seine Gefährtin zu verwöhnen.

Dachte er wirklich jetzt schon so? Es war verrückt – und vermutlich war ihr Post-Orgasmus-Gehirn nicht ganz rational –, aber sie wollte ihm glauben.

Noch nie hatte sie einen Mann gehabt, der gleichzeitig so sanft und doch besitzergreifend war oder sich so sehr darauf konzentriert hatte, sie kommen zu lassen und nicht sich selbst.

Ganz zu schweigen davon, dass sie sich bei seinen Küssen und Berührungen auf eine Weise schön fühlte, wie sie es noch nie wirklich getan hatte.

Nicht einmal das Gewicht, das sie zugelegt hatte, weil sie sich nach der Trennung mit zu vielen Keksen und Eis getröstet hatte, schien ihn zu stören.

Im Gegenteil, er hatte sie verehrt, als hätte er noch nie eine so schöne Frau gesehen.

Oh, sie wollte so unbedingt an diese Fantasie glauben – daran, dass alles perfekt werden würde. Doch der zynische Teil in ihr weigerte sich, das zu akzeptieren. „Warum bist du dir bei uns so sicher?"

Er hatte nicht aufgehört, über ihre Wange zu streichen, und seine feste und doch warme Berührung ließ sie fast schnurren.

„Ich habe vor langer Zeit gelernt, meinem Bauchgefühl zu vertrauen", antwortete er. „Das hat mir in der Air Force ein paar Mal den Arsch gerettet und noch öfter, seit ich in meinen Clan zurückgekehrt und Beschützer geworden bin. Und mein Bauch sagt mir, dass du die Zukunft bist, Jenny. Ich weiß, du bist ein Mensch, und die Sache, dass wir wahre Gefährten sind, ist am Anfang vielleicht schwer zu glauben. Aber für Drachenwandler bedeutet es sehr viel. Es ist nicht unfehlbar, und manchmal geht es schief, aber meistens ist es so unglaublich und wundervoll, dass diejenigen von uns, die ihre wahre Gefährtin noch nicht gefunden haben, neidisch werden."

Sie sah ihm in die Augen und fragte sich, wie er sich so sicher sein konnte, was sein Bauchgefühl anging. Sie selbst hatte damit in der Vergangenheit kein Glück gehabt.

„Nun, ich bin offen dafür, dich zu daten, Daniel. Und ich bin definitiv bereit, all die sexy Dinge auszuprobieren, die wir tun können, ohne einander zu küssen, um den Rausch nicht auszulösen. Aber für alles darüber hinaus brauche ich Zeit."

„Wegen deines Arschloch-Ex."

Sie nickte, und er seufzte. „Jetzt wünschte ich, ich hätte ihm die Beine gebrochen oder so."

„Du hast mir immer noch nicht gesagt, was du gemacht hast, während ich geschlafen habe."

Er zuckte mit den Schultern. „Ich habe eines unserer technisch versierten Clanmitglieder gebeten, etwas auf seinem Computer oder Handy zu finden, das ihn in Verlegenheit bringt."

Sie sollte sich nicht wünschen, dass Corey sowas passierte – und doch konnte sie nicht anders als zu fragen: „Und? Hat dein Clanmitglied etwas gefunden?"

Er grinste schief. „Eine Menge. Offenbar betrügt dein Ex seine neue Braut bereits, und sie hat heute Morgen einen Teil der Beweise bekommen. Schätze, ihm stehen unangenehme Zeiten bevor."

„Da ich nach unserer Trennung herausgefunden habe, dass er mich mit der Frau betrogen hat, die er geheiratet hat, überrascht mich das nicht. Aber sie hat das ganze Geld, also hoffe ich, dass sie ihm das Leben zur Hölle macht und es ihm vorenthält."

„Du wirst mir also keine Moralpredigt halten?"

Jenny schüttelte den Kopf. „Das sollte ich, werde ich aber nicht. Ich hatte nie die Möglichkeit, Corey auch nur ansatzweise so zu verletzen, wie er mich verletzt hat. Nicht nur wegen seines Verrats, nachdem ich meinen Job verloren hatte und er mir sagte, er wolle nur eine Frau, die ihn unterstützen könne, sondern auch wegen seiner ständigen kleinen Nörgeleien an meinem Aussehen oder meinem Verhalten."

Sie biss sich kurz auf die Lippe, immer noch unsicher, warum sie all das erzählte. Doch sie war schon so weit gegangen, also fügte sie leise hinzu: „Es hat sich mit der Zeit immer mehr angehäuft und mich an mir selbst zweifeln lassen."

Er knurrte und senkte sein Gesicht näher zu ihrem. „Ich sollte ihm mal einen Besuch abstatten."

Sie legte eine Hand an sein Kinn. „Mach das nicht. Er ist es nicht wert. Außerdem bist du ein Drachenwandler, und du würdest in große Schwierigkeiten geraten, wenn er dich meldet. Und was hätten wir davon?"

Daniels Pupillen blitzten auf, dann knurrte er. „Vielleicht. Aber wenn ich ihn jemals sehe, werde ich schon einen Weg finden, ihm eine Lektion zu erteilen. Egal wie."

Sie lächelte. „Ich hatte noch nie jemanden, der mich beschützen wollte. Also, abgesehen von meiner Schwester und meinen Eltern. Aber nie einen Freund."

Er ließ eine Hand an ihrer Seite hinuntergleiten, bis er besitzergreifend ihre Hüfte umfasste. „Du solltest dich besser daran gewöhnen. Drachenwandler beschützen, was ihnen gehört."

Als sie in Daniels Augen blickte, fühlte sie sich weder beunruhigt noch besorgt darüber, dass alles so schnell ging. Ihr Bauchgefühl sagte ihr, dass er halten würde, was er versprach – sie immer beschützen.

Und das war etwas, von dem sie nie gewusst hatte, dass sie es sich wünschte. Doch der Gedanke, dass jemand – jemand, der nicht ihre Schwester war – ihr immer den Rücken freihalten würde, ließ ihre Brust mit einem wohligen Gefühl anschwellen.

Obwohl sie beim Sex normalerweise nicht besonders kühn war, beschloss sie, es zu versuchen. Sie ließ eine Hand über seine Brust, seine Hüfte und dann zu seinem Schwanz gleiten, legte durch die Jogginghose hindurch die Hand um seine harte Länge und drückte sanft.

Daniel stöhnte, und sie sagte: „Ich will für dich tun, was du gerade für mich getan hast."

Seine Pupillen blitzten noch schneller als zuvor. Seine heisere Stimme rollte über sie hinweg. „Bist du sicher? Ich habe dich nicht zum Orgasmus gebracht, um etwas dafür zurückzubekommen."

„Und genau deshalb will ich deinen Schwanz kosten und dich auch zum Kommen bringen."

Als die Worte ihren Mund verließen, wurde ihr ganzer Körper heiß. Sie hätte nie gedacht, dass sie sowas sagen würde. Und doch stellte sie fest, dass es ihr ganz gut gefiel, auch in diesem Bereich ihres Lebens direkt und unverblümt zu sein.

Und wenn man danach ging, dass Daniels Schwanz in ihrer Hand sogar noch größer wurde, gefiel es ihm auch.

Sie wollte ihn unbedingt verwöhnen, also drückte sie ihn an der Schulter zurück, bis er auf dem Bett lag. „Ich habe keine Krallen, also muss ich es auf die langsame Art machen."

Er knurrte. „Solange deine Hände auf meinem Körper sind, ist mir alles recht."

Ein Gefühl von Macht durchströmte sie, und sie schob eine Hand unter sein Shirt. Als sie zum ersten Mal seine harte, warme Haut berührte, stöhnte sie.

Ihre Finger glitten höher und höher, bis sie seine kleinen Brustwarzen fand. Sie zwickte eine, und er stieß die Hüften hoch, sein Schwanz zuckte in ihrer Hand.

„Verdammt, Jenny. Noch mal!"

Sie tat es, und Daniel wurde noch lauter.

Da sie seine Haut sehen wollte, zog sie ihre Hände zurück und schob sein Shirt nach oben, bis er am Schluss übernahm und es sich über den Kopf zog. Als sie seine sanft gebräunte, glatte Haut vollkommen entblößt vor sich sah, benetzte sie sich die Lippen. Jetzt war es an ihr, ihn zu kosten.

Sie beugte sich hinunter, küsste sein Brustbein und dann so viele Stellen seiner Brust, wie sie erreichen konnte. Die Kombination aus warmer Haut und würzigem Männerduft ließ erneut Nässe zwischen ihre Beine strömen.

Sie küsste tiefer und tiefer, bis sie den Bund seiner Jogginghose erreichte. Als sie einen Finger unter den Stoff schob, stöhnte Daniel. „Du bringst mich noch um, weißt du das?"

Lächelnd begegnete sie seinem Blick. „Ich hoffe nicht."

Er leckte sich die Lippen. „Allein der Gedanke

an deinen heißen Mund um meinen Schwanz macht mich so hart, Jenny.“

Begierig zu sehen, was vermutlich eines Tages ihr gehören würde, zog sie seine Jogginghose herunter, bis sein Schwanz hervorschnellte. Er lag schwer auf seinem Bauch, dick und groß.

Allein bei der Vorstellung, diesen Mann in sich zu spüren, presste sie die Schenkel zusammen.

Nein, keines Mannes. Eines Drachenmannes. Sie begann, den Unterschied zu begreifen.

Einen Unterschied, der fast zu gut schien, um wahr zu sein.

Nein. Sie würde das nicht mit Zweifeln ruinieren, also schob sie sie beiseite und nahm seinen Schwanz in die Hand.

Er war so heiß. Sie strich einmal darüber, ließ den Daumen über die Spitze kreisen und spürte einen Tropfen Vorsamen.

Er wollte sie wirklich. Ihre Berührung. Einfach sie.

Mit diesem Gedanken – sie konnte es jetzt einfach noch nicht infrage stellen – hob sie seinen Schwanz an, senkte den Kopf und hauchte dagegen.

Daniel stieß die Hüften hoch und knurrte. Ein schneller Blick zeigte seine rasch blitzenden Pupillen. Für einen Moment erstarrte sie. „Hat dein Drache die Kontrolle übernommen?“

Seine Stimme klang gepresst. „Nein. Lutsch mich einfach, Jenny. Das hilft.“

Da ihr bei dem Gedanken, ihn in den Mund zu

nehmen, ohnehin das Wasser im Mund zusammenlief, schloss sie endlich die Lippen um seinen Schwanz und senkte den Kopf.

Daniels Hand glitt in ihr Haar und umfasste ihren Hinterkopf. Er drückte sie nicht und zwang sie auch nicht nach unten. Nein, er hielt sie nur fest und ließ sie ihr eigenes Tempo finden.

Selbst jetzt – obwohl sein Drache wahrscheinlich kreischte, sie solle sich beeilen – hielt er sich zurück.

Vielleicht war Daniel wirklich anders als ihr Ex und generell andere Männer.

Sie war es leid, dass irgendjemand in ihre Gedanken eindrang, und konzentrierte sich auf den Drachenmann unter sich. Sie bewegte den Kopf auf und ab, streichelte mit der Hand seine Länge, achtete auf sein Stöhnen und Knurren und wann sich seine Finger in ihre Kopfhaut krallten, um zu lernen, was ihm gefiel.

Und er mochte es schnell und ein bisschen grob – und besonders, wenn sie ihn so tief aufnahm, wie sie konnte, ohne zu würgen.

Bald verlor sie sich im Rhythmus, genoss seinen Geschmack und seinen Duft und die Tatsache, dass er ihr genug vertraute, um das zuzulassen. Denn wenn sie es auf ihn abgesehen hätte, hätte sie jederzeit zubeißen und ihn in ihre Gewalt bringen können.

Doch das wollte sie nicht. Nein, Daniel holte bereits Teile von ihr zurück, die sie in ihrer letzten Beziehung verloren hatte. Und sie konnte sich zum ersten Mal vorstellen, wie eine Zukunft aussehen könnte.

Eine Zukunft, die sie erkunden wollte.

Er stieß bald die Hüften hoch und hielt schließlich ihren Kopf fest. „Stopp, Jenny. Ich komme gleich."

Der Gedanke, ihren Drachenmann zu schmecken, ließ sie noch feuchter werden. Sie schob seine Hände weg und bewegte sich schneller, leckte ihn mit der Zunge und nahm ihn so tief sie konnte auf. Hier und knabberte sogar ein wenig an ihm.

Er schrie schließlich auf, und heiße Flüssigkeit ergoss sich in ihren Mund, immer wieder, und sie schluckte alles hinunter.

Als Daniel sich endlich entspannte, flüsterte er: „Das war verdammt unglaublich", und sie lächelte noch um seinen Schwanz.

Nach einem letzten langsamen Lecken über seine Länge wischte sie sich die Lippen und kroch zu ihm hoch. Vorsichtig strich er ihr eine Haarsträhne hinter das Ohr. „Ich werde ständig von diesem Mund träumen, Jenny. Verdammt, ich bin noch nie so heftig gekommen."

Ein Schauer durchzuckte sie. „Gut."

Er lachte. „Da klingt ja jemand langsam wie eine besitzergreifende Drachenwandlerin."

Sie lächelte. „Du färbst wohl auf mich ab."

Er küsste ihre Wange und rutschte dann auf die andere Seite des Bettes. „Komm her."

Sie folgte, und sobald er sie in seinen Armen hatte, ihr Kopf auf seiner Brust, küsste er ihre Stirn.

„Schlaf. Denn beim nächsten Mal werde ich dich ein bisschen mehr necken und länger am Rand halten. Dann wird es um intensiver."

Als sie sich an seinen harten, warmen Körper schmiegte, dachte sie: *Ich falle ja schon. Und das macht mir Angst.*

In die Arme ihres Drachenmannes geschmiegt, schlief Jenny bald mit einem Lächeln auf den Lippen ein, ihre Träume erfüllt von einer Zukunft, die sie vielleicht doch noch haben konnte.

Kapitel Neun

Ein lauter Knall riss Daniel augenblicklich aus dem Schlaf. Er setzte sich ruckartig auf und ließ den Blick durch den Raum schweifen. Niemand war da, doch nicht weit entfernt hörte er das Tosen eines gewaltigen Feuers.

Verdammt, verdammt, verdammt! Hatte jemand angegriffen?

Jenny blinzelte schläfrig zu ihm hoch, und er sagte: „Zieh dich an, Jenny, und mach dich bereit zu rennen."

Seine Worte vertrieben die Müdigkeit aus ihrem Blick. „Was?"

Er sprang aus dem Bett. „Tu einfach, was ich sage. Es gab eine Explosion, und ich muss nachsehen, wo. Aber wenn das die Liga war, müssen wir fliehen. Schnell."

Er hatte spürbare Dominanz in seine Stimme gelegt, und sie reagierte sofort darauf. Sie nickte.

„Okay. Ruf, wenn du mich brauchst. Aber, Daniel? Versprich mir, vorsichtig zu sein.“

Es war seltsam, dass sich jemand so sehr um ihn sorgte – natürlich taten das seine Freunde und seine Familie, doch von Jenny fühlte es sich anders an –, und er nickte. „Werde ich. Jetzt beeil dich und sei bereit.“

Es gefiel ihm gar nicht, sie zurückzulassen – und noch dazu allein. Doch es gab nur ein Fenster im Schlafzimmer, und er hatte vor Jahren Gitter davor anbringen lassen. Nur so hatte er draußen ohne den Schutz seines Clans ruhig schlafen können, so wie hier in dieser Hütte.

Jetzt sollte es auch Jenny schützen.

Sein Drache meldete sich. *Ich höre niemanden im Haus. Aber das Feuer ist nah.*

Ja, und ich frage mich, wie zum Teufel sie das bei hüfthohem Schnee hinbekommen haben.

Wenn Hass im Spiel ist, ist alles möglich.

Sein Drache verstummte, denn er wusste, dass Daniel sich ohne Ablenkung konzentrieren musste. Eine schnelle Durchsuchung der Hütte ergab nichts Ungewöhnliches. Währenddessen hatte er sich bereits angezogen, also schlüpfte er rasch in seine Stiefel und die Jacke und spähte durch das Fenster neben der Tür.

Das Licht war schwach, die Sonne um diese Jahreszeit bereits im Untergehen begriffen. Doch in der Ferne kündigte ein orangener Schimmer eine Art gewaltiges Inferno an.

Sein Clan hatte es zweifellos gehört, doch er

wählte trotzdem die Nummer seines Vorgesetzten über das Satellitentelefon. Der oberste Beschützer, Axel, nahm beim ersten Klingeln ab. „Ist es in deiner Nähe?“

„Ja, nicht weit von hier. Ich bin auf dem Weg, um nachzusehen. Aber ich brauche Hilfe, um die menschliche Frau hier bei mir in Sicherheit zu bringen.“

Da er ihre Rettung zuvor in einem Bericht erwähnt hatte, stellte sein Boss keine Fragen. Stattdessen brummte Axel nur: „Der Schnee ist zu tief für Fahrzeuge. Nicht einmal Schneemobile funktionieren in der Dunkelheit – jedenfalls nicht mit einem zerbrechlichen Menschen. Wir werden sie auf Drachenflügeln zurückholen müssen. Bist du sicher, dass wir ihr vertrauen können?“

Denn wenn ein Mensch dem ADDA meldete, dass sie sie zu ihrem Clan geflogen hatten, konnte ihnen das enorme Probleme bringen.

Doch er wusste, dass Jenny ihn nicht verraten würde. „Ja, können wir. Aber sie braucht vielleicht jemanden, der sie während des Flugs beruhigt. Und das kann nicht ich übernehmen, weil ich das Gebiet hier am besten kenne und vor Ort bleiben muss.“

„Ich schicke Solana.“

Solana war die Gefährtin seines Chefs. Sie war nur halb menschlich, aber das würde vermutlich dennoch helfen, Jenny alles zu erklären. „Gut. Wie schnell könnt ihr hier sein? Ich kann sie nicht schutzlos zurücklassen, aber ich will auch nicht, dass irgendjemand entkommt.“

„Eli ist bereits in der Luft und sollte jeden Moment eintreffen. Meine Gefährtin und ihr Transport sind in etwa zehn Minuten da, zusammen mit ein paar weiteren Beschützern, die dich unterstützen werden. Ruf wieder an, wenn du noch etwas hörst oder brauchst."

Die Verbindung brach ab, und Daniel steckte das Handy weg. Es juckte ihm in den Fingern, sofort den Wald zu durchsuchen – doch er würde Jenny nicht allein lassen.

Er hatte die Hütte gerade wieder erreicht, da kam ein grüner Drache zur Lichtung neben dem Gebäude, die absichtlich freigehalten wurde, damit Drachen kommen und gehen konnten – und setzte auf.

Sobald sein Freund Eli sich in einen Menschen verwandelt hatte, trat er auf Daniel zu. „Was weißt du?"

Er schüttelte den Kopf. „Nicht viel."

„Daniel?"

Jennys Stimme kam von der Tür. Ihr Blick schnellte zu Eli – einem sehr nackten Eli –, und Daniel stellte sich sofort vor ihn. Schon, Drachenwandler scherten sich nicht so sehr um Nacktheit wie Menschen, aber er wollte – wenn möglich – nicht, dass seine zukünftige Gefährtin irgendeinen anderen Schwanz als seinen sah.

„Wir bringen dich von hier weg, während die anderen und ich das Gebiet durchsuchen. Es ist hier nicht sicher für dich."

Ihr Blick wanderte über seine Schulter, und

Daniel sah, wie sein Freund ihr zuwinkte. Er knurrte: „Hör auf zu flirten."

„Was denn? Ich war nur freundlich."

Daniel wandte sich wieder Jenny zu und berührte sanft ihre Wange. „Die Gefährtin meines Chefs kommt, damit sie mit dir zurückfliegen kann. Bei diesem Schnee gibt es nur eine Möglichkeit, dich hier wegzubringen – mit einem Drachen. Du kannst in einem Korb mitfliegen."

Jenny blinzelte. „So was macht ihr?"

Er beugte sich näher zu ihr und flüsterte: „Normalerweise nicht. Aber ich werde nicht zulassen, dass du hier festsitzt und möglicherweise in Gefahr bist. Versprich nur, nichts davon dem ADDA zu erzählen, okay? Es ist ein Regelverstoß, und wir würden bestraft werden."

Sie runzelte die Stirn. „Natürlich sage ich nichts." Sie berührte seine Wange, und er wollte sich in diese Berührung lehnen. „Aber wirst du allein klarkommen?"

„Ich gehe nicht allein. Verstärkung ist unterwegs."

Elis Stimme hinter ihm rief: „Und ich bin schon da! Ich bin einer der Besten, kleine Menschenfrau. Ich halte Daniel den Rücken frei."

Daniel knurrte und erwiderte: „Nenn sie nicht kleine Menschenfrau. Sie heißt Jenny."

Jenny legte eine Hand an Daniels Brust und lenkte seine Aufmerksamkeit wieder auf sich. „Ist schon gut. Ich mache mir mehr Sorgen um dich. Ich will nicht, dass dir etwas passiert. Schließlich müssen wir dieses Dating-Ding noch ausprobieren und sehen, ob wir zueinander passen."

Er lächelte, küsste ihre Wange und murmelte: „Ich finde einen Weg zurück zu dir, Jenny. Egal was passiert."

Sie sah ihm in die Augen, und er ließ so viel Zuversicht ausstrahlen, wie er nur konnte. Natürlich bestand immer ein Risiko, ja. Aber ein gut ausgebildeter Drachenmann ließ sich nicht so einfach töten.

Seine Menschenfrau nickte schließlich. „Okay. Aber haltet mich auf dem Laufenden, ja? Ich glaube nicht, es ertragen zu können, im Ungewissen zu sein und mir ständig Sorgen um dich machen zu müssen."

Er strich mit dem Handrücken über ihre Wange und antwortete: „Ich sorge dafür, das verspreche ich dir. Jetzt pack schnell ein, was du brauchst, und warte in der Hütte. Die anderen sollten bald da sein."

Sie sah ihn noch ein paar Sekunden an, als überlegte sie, ob sie noch etwas sagen sollte. Doch schließlich lächelte sie nur und ging hinein.

Sobald die Tür sich schloss, schnaubte Eli. „Wann ist das denn passiert? Sonst hast du doch immer groß getönt, du wärst nicht bereit für eine Gefährtin."

Er knurrte. „Wir haben keine Zeit für dein Gelaber. Ich erzähle dir jetzt von der Umgebung und den Spuren, die ich zuletzt gefunden habe.

Dann können wir von zwei Seiten auf die Explosion zugehen."

Auch wenn Eli gern witzelte – doch wenn es an der Zeit war zu arbeiten, war er tödlich konzentriert.

Daniel hatte gerade alles berichtet, als eine kleine Gruppe Drachen über der Hütte auftauchte und in der Luft verharrte. Einer nach dem anderen landeten sie auf der Lichtung, wandelten, zogen sich an und stellten den großen Transportkorb am Rand ab.

Nachdem Daniel die Lage erklärt hatte, zog er mit den anderen Beschützern los und warf noch einen letzten Blick zur Hütte zurück.

Er wollte sich richtig von Jenny verabschieden, wusste aber, dass jede Sekunde zählte. Vielleicht hatten sie die Spur derjenigen, die die Explosion ausgelöst hatten, bereits verloren.

Also konzentrierte er sich darauf, diejenigen zu finden, die seiner Frau schaden wollten.

Denn erst wenn diese Bedrohung beseitigt war, konnte er zu ihr zurückkehren – und sie umwerben, bis sie wirklich seine Gefährtin wurde.

Kapitel Zehn

Jenny ging im Wohnzimmer auf und ab, klopfte sich unruhig gegen ihre Oberschenkel und wollte nach draußen gehen und Daniel noch mehr Fragen stellen.

Doch sie wollte ihn nicht ablenken. Und nach dem Feuerschein und dem Rauch zu urteilen, die sie durch die Haustür gesehen hatte, war das ganz sicher keine kleine, versehentliche Explosion gewesen. Nein, selbst wenn sie tief geschlafen und nichts gehört hatte – es musste gewaltig gewesen sein.

Ein Klopfen an der Tür ließ sie zusammenzucken. Sie atmete mehrmals tief ein und aus und zwang sich, sich gefälligst zu beruhigen. Drachenwandler hatten vermutlich ständig mit sowas zu tun – so schnell wie Daniels Clan Verstärkung geschickt hatte –, und sie konnte sich zusammenreißen. Das Letzte, was sie brauchten, war ein weiteres Problem.

Genau, du schaffst das. Mach einen guten Eindruck bei den Drachenwandlern. Denn wenn sie und Daniel den Gefährtenrausch tatsächlich durchzogen, würde sie bei ihnen leben müssen.

Sie wollte nicht darüber nachdenken, wie sehr das ihr Leben verändern würde, also rannte sie zur Tür, sah durch den Spion und fragte: „Wer ist da?“

„Mein Name ist Solana, vom Clan MirrorPeak. Wir sind hier, um dich in Sicherheit zu bringen.“

Die Frau mit der sanft getönten Haut starrte geradewegs zu ihr, als könnte sie durch die Tür sehen, und ihre Pupillen verengten sich zu Schlitzen und weiteten sich wieder.

Jenny öffnete die Tür und versuchte, nicht zu starren. Die meisten Drachenwandler waren groß – egal ob männlich oder weiblich –, und Solana war da keine Ausnahme. Sie überragte Jenny deutlich, ihr Körper war schlank und durchtrainiert, wie ihre Oberarme verrieten, die unter ihrem Kleid hervorschauten. Ganz zu schweigen davon, dass sie wunderschön war, mit dunkelbraunen Augen und langem, schwarzem Haar, das nicht in alle Richtungen abstand wie Jennys.

Ja, Drachengene waren wirklich beeindruckend.

Doch ihr Blick blieb an der Tatsache hängen, dass die Drachenfrau trotz des Schnees nur ein Sommerkleid trug. Sie platzte heraus: „Ist dir nicht kalt?“

Solana lächelte. „Ein bisschen, aber mein Mantel ist mir aus der Tasche gefallen – ich fliege nicht besonders ruhig, wenn ich es eilig habe. Aber ich werde das schon überleben. Ich brauche nur ein paar Decken, und dann brechen wir auf."

Sie schritt hinein, während ein weiterer Drachenwandler – ein Mann – an der Tür stehen blieb. Da er schwieg und sie finster anstarrte, konzentrierte sich Jenny auf Solana. „Wirst du mich tragen?"

„Oh nein, auf keinen Fall. Ich bin nur hier, um dir Gesellschaft zu leisten." Sie tätschelte ihren kleinen, runden Bauch, ein Detail, das Jenny zunächst übersehen hatte. „Mein Gefährte würde mich umbringen, wenn ich schwanger etwas Schweres tragen wollte."

Jenny griff schnell nach ihrem Mantel und hielt ihn ihr hin. „Er wird dir zu klein sein, aber nimm ihn. Du brauchst ihn mehr als ich."

Solana hielt einen Moment inne, und ihr Lächeln wurde wärmer. „Nein, behalt ihn. Mit ein paar Decken komme ich klar, versprochen. Aber danke für das Angebot. Es zeigt, dass du uns nicht hasst – und das ist immer ein guter Anfang, wenn du die wahre Gefährtin eines Drachenwandlers bist."

Noch nicht bereit, dieses Thema mit Fremden zu vertiefen, räusperte sich Jenny. „Ich hasse Drachenwandler nicht. Es gibt eine Menge, was ich nicht weiß, aber ich bin bereit zu lernen. Vor allem, weil ich eine Idee habe, von der ich dir auf dem Flug erzählen kann." Als sie merkte, dass sie gerade vorausgesetzt hatte, die Drachenfrau wolle ihr Gerede hören, fügte sie hastig hinzu: „Wenn du willst. Ich kann auch still sein, falls das einfacher ist."

Solana warf sich Decken über die Schultern und antwortete: „Natürlich will ich es hören. Meine Mutter war ein Mensch, aber sie starb bei meiner Geburt." Ihr Blick wurde wehmütig. „Ich bin immer neugierig darauf, was Menschen von uns denken. Schließlich gab es im Clan MirrorPeak schon sehr lange keine menschlichen Gefährtinnen mehr."

„Das mit deiner Mutter tut mir leid."

Die Drachenfrau legte eine Hand auf ihre Schulter und drückte sie. „Das ist lange her." Dann ließ sie Jenny los und ging zur Tür. „Und jetzt komm. Mein Gefährte hat dich in meine Obhut gegeben, und ich werde dafür sorgen, dass du sicher ankommst."

Jenny blinzelte. „Das klingt ja, als wäre ich ein Paket."

Verdammt! Da war ihr Mund wieder mal schneller als ihr Verstand. Sie sollte dankbar sein, dass MirrorPeak ihr trotz des Risikos helfen wollte.

Doch bevor sie sich entschuldigen konnte, winkte Solana das ab. „In gewisser Weise schon. Aber Drachen nehmen das Einhalten von Versprechen und Gelübden sehr ernst – in meinem Clan auf jeden Fall." Sie trat näher, und ihre Stimme war weich, als sie sagte: „Wir werden dich beschützen, komme, was wolle, Jenny."

„Und was ist mit Daniel?"

Solana lächelte. „Er ist in dem, was er tut, einer der Besten. Und im schlimmsten Fall – ich bin

Realistin, sehr zum ständigen Ärger meines Gefährten – stehen unsere Ärzte und Heiler bereit. Du wirst bald schon sehen, dass der Clan wie eine große Familie ist. Wir tun alles füreinander. Nun ja, meistens. Mein Schwager ist manchmal extrem nervig. Du hast ihn vorhin getroffen – Eli."

Jenny hatte die Verbindung kaum hergestellt – sie würde definitiv ein Diagramm brauchen, wer mit wem verwandt war –, da klopfte der Drachenmann an die Tür und öffnete sie. „Wir müssen los. Das Feuer hat sich auf einige Bäume ausgebreitet. Der Schnee hält es zwar größtenteils auf, aber wenn es die Hütte erreicht, haben wir ein Problem."

Bei dem Gedanken, in der Falle zu sitzen und lebendig zu verbrennen, warf Jenny rasch den Mantel über, schnappte sich ihren Koffer und folgte Solana hinaus.

Vor einem großen Korb, ähnlich dem eines Heißluftballons, blieben sie stehen. Der einzige Unterschied war eine lange, dicke Stange darüber anstatt eines Brenners, fixiert mit weiteren Stangen und Ketten.

Solana öffnete die kleine Tür und bedeutete Jenny hineinzugehen. „Steig ein. Wir drehen uns besser um, während Chris wandelt. Ich weiß, dass Menschen sich bei nackten Fremden unbehaglich fühlen können – aus welchen Gründen auch immer."

Jenny warf einen Blick auf den muskulösen Drachenmann – inzwischen oberkörperfrei – und zwang sich, wegzusehen. „Ein Blick würde mich nicht stören, aber Daniel würde das sicher nicht gefallen. Und im Moment muss ich seine Sorgen nicht noch vergrößern."

Sobald sie sicher im Korb waren, musterte Solana sie einige Sekunden und sagte dann: „Du bist definitiv nicht das, was ich erwartet habe."

Jenny hob die Augenbrauen. „Will ich wissen, was du erwartet hast?"

Solana zuckte mit den Schultern und erwiderte: „Menschen haben im Allgemeinen Angst vor uns. Es gibt natürlich Ausnahmen, wie die *America for All Alliance*. Aber die meisten sind gleichgültig, wollen uns studieren oder hassen uns."

Ein Drache erhob sich in die Luft, und Jenny begriff, dass Chris fertig gewandelt hatte. Geschickt manövrierte er sich herunter, griff die Stange mit seinen hinteren Klauen und schlug mit den Flügeln, bis sie aufstiegen. Höher und höher, bis sie schließlich über die Baumwipfel hinaus waren.

Als Jenny nach unten sah – auf den Berg und den dichten Wald –, war sie dankbar, keine Höhenangst zu haben. Sonst würde ihr die wunderschöne Mischung aus Grün, Weiß und dunklen Felsflächen entgehen. „Es ist so schön hier oben."

Der Korb ruckte kurz, beruhigte sich dann aber. Solana antwortete: „Ich wünschte, ich könnte es genießen, aber es ist ein wenig seltsam für mich, nicht selbst zu fliegen und die Kontrolle zu haben." Sie hob die Stimme. „Versuch, etwas ruhiger zu fliegen, sonst verliere ich gleich den Inhalt meines Magens!“

Chris‘ Drachengestalt reagierte nicht, doch der Rest des Fluges verlief deutlich glatter.

Und das war auch gut so, denn der kühle Wind an ihren Wangen, zusammen mit dem schönen See und den Wäldern unter ihr, fühlte sich an wie ein Traum.

Erst als sie die Ansammlung von Häusern, Geschäften und großen Freiflächen sah – waren das Landeplätze? – und sogar einige Drachen, die über einer kleinen Stadt kreisten, wusste sie, dass sie Clan MirrorPeak erreicht hatten.

Das bedeutete, dass sie bald dem Clanführer begegnen würde. Sehr bald. Und bei ihrem Glück würde sie garantiert etwas Peinliches herausplatzen.

Offenbar hatte sie das laut gesagt, denn Solana lachte. „Keine Sorge. Mein Gefährte wird auch da sein – er ist Sicherheitschef – und Axel kommt mit allen möglichen Leuten klar.“ Sie zwinkerte. „Wobei er manchmal murmelt, dass ich die schlimmste von allen bin.“

Jenny konnte nicht anders und lachte. „Ihr müsst euch sehr nahestehen, wenn ihr darüber scherzen könnt.“

Ein verträumter Ausdruck huschte über Solanas Gesicht. „Er ist mein bester Freund, mein Partner, mein Ein und Alles.“ Sie sah Jenny wieder in die Augen. „Und ein Teil dieser Stärke kommt daher, dass wir uns gegenseitig unsere Fehler eingestehen und manchmal sogar darüber scherzen können. Es ist schön, mit jemandem zu lachen, der einen so gut kennt, so bedingungslos liebt und für einen sterben würde.“ Sie beugte sich näher. „Du bekommst gleich einen Crashkurs zum Thema Drachenmänner und wie sie ihre Gefährtinnen behandeln, Jenny. Mach dich darauf gefasst – für Außenstehende kann es manchmal etwas viel sein. Aber wenn du eine Zukunft mit Daniel willst, wirst du dich daran gewöhnen müssen.“

Wenn sie zustimmte, Daniel zu küssen und den Rausch durchzumachen.

Doch als sie landeten und eine kleine Gruppe auf sie zukam – darunter ein großer Drachenmann, der nur Augen für Solana hatte –, atmete Jenny ein paarmal tief durch und hoffte, einen guten Eindruck zu machen.

Denn ganz gleich, wie es mit Daniel enden würde – sie wollte die Drachenwandler besser kennenlernen. Und vielleicht sogar dazu beitragen, dass der Rest des Landes es auch tat.

Kapitel Elf

Daniel bewegte sich lautlos zwischen den Bäumen – so lautlos, wie es bei der dicken Schneeschicht auf dem Boden eben möglich war, die unter seinen Stiefeln gelegentlich knirschte – und ignorierte die stetig zunehmende Hitze. Sie waren jetzt nah dran.

Sein Drache meldete sich zu Wort. *Ich sage immer noch, wir sollten das Gebiet zuerst aus der Luft auskundschaften.*

Armando macht das gerade. Wir kennen diese Wälder am besten, und sie verlassen sich darauf, dass wir nach Hinweisen suchen.

Denn bisher hatten sie außer ein paar Schneeschuhabdrücken – die jede Schuhgröße verschleierten – keinerlei Spuren gefunden, wer das Feuer gelegt hatte.

Doch der Geruch von Sprengstoff hatte ihnen schon vor langer Zeit verraten, dass es absichtlich gelegt worden war und kein Unfall war.

Als sie schließlich den Rand der Baumgrenze an einer kleinen Lichtung erreichten, war die Hitze fast unerträglich. Auf der gegenüberliegenden Seite loderte das Feuer und leckte an den umliegenden Bäumen. Einige begannen bereits zu brennen, doch der Schnee verhinderte zum Glück, dass sich die Flammen rasend schnell ausbreiteten.

Er sagte zu seinem Tier: *Hilf mir, auf etwas Ungewöhnliches zu lauschen. Wenn es wie bei ihren früheren Angriffen ist, hat sich jemand in der Nähe postiert, um das Ganze zu filmen – für ihr nächstes Video.*

Das war eines der unheimlichsten Dinge, die die Liga tat – besonders, wenn sie auch noch Opfer zeigten, die bei lebendigem Leib verbrannten. Das hatten sie bereits einmal gefilmt. Sie waren auf so vielen Ebenen kranke Arschlöcher.

Sein Drache knurrte. *Diesmal erwischen sie keinen von uns. Das ADDA erlaubt uns, uns zu verteidigen, wenn es sein muss. Und wenn sich die Gelegenheit ergibt, werde ich es besonders schmerzhaft für sie machen.*

Daniel würde sein Tier nicht zurückhalten; die Liga hatte vor einigen Jahren eines ihrer Clanmitglieder entführt, und alle trauerten immer noch über den Verlust dieses Drachenmannes.

Er blieb am Rand der Bäume stehen – sodass er verborgen sein sollte – und lauschte. Das Tosen des Feuers übertönte alles, und die Flammen hatte die Tiere längst vertrieben. Es gab kein Rauschen von Bächen in der Nähe – sie waren zugefroren –, und auf der gefährlichen Straße etwa einen halben Kilometer entfernt war kein Auto unterwegs.

Er konzentrierte sich und nutzte seine Ausbildung bei der Air Force und seine Jahre als Beschützer, um selbst feinste Geräusche wahrzunehmen – solche, die einen Feind verraten könnten. Da er noch nicht via Satellitentelefon, das auf Vibration gestellt war, von seinen Clanmitgliedern gehört hatte, konnte er seine Position ohnehin nicht verlassen.

Eine Minute verging. Dann noch eine. Er spürte Eli in der Nähe, aber sonst nichts.

Knack. Ein Ast war etwa sechs Meter links von ihm gebrochen. Da sich dort keiner seiner Clanmitglieder aufhalten sollte, bedeutete das: Etwas – oder jemand – war dort.

Daniel bewegte sich schnell, aber geräuschlos. Er achtete darauf, keine Zweige zu brechen oder Schnee von den Bäumen rieseln zu lassen. Es war schwierig bei der Dichte des Waldes hier, doch zum Glück hatte er dieses Gebiet in den letzten Wochen so oft patrouilliert, dass er sich beinahe mit verbundenen Augen darin bewegen konnte.

Als er sich der Stelle näherte, von der das Geräusch gekommen war, blieb er stehen und lauschte erneut. Auch wenn er keine weiteren auffälligen Geräusche hörte, lag ein schwacher Zwiebelgeruch in der Luft, vermischt mit dem eines Menschen.

Sein Drache grunzte. *Das muss einer von diesen Bastarden sein.*

Geschärfte Sinne waren für Drachenwandler Fluch und Segen zugleich – Mundgeruch wurde schnell unangenehm. In diesem Fall verriet sich sein Ziel, das offensichtlich Zwiebeln mochte, jedoch selbst.

Daniel näherte sich weiter, kam immer näher, bis er Stoff oder Kleidung hörte, die an einem Ast entlang rieb. Im rasch schwindenden Licht suchte er die Bäume ab und entdeckte schließlich einen Menschenmann.

Der hielt ein Handy hoch und streckte den Arm, als wolle er mehr vom Geschehen einfangen, doch das dichte Gehölz versperrte ihm größtenteils die Sicht.

Er trug einen Rucksack, eine Jacke und eine Skimaske – alles schwarz.

Sein Drache schnaubte: *Als könnte er sich so vor uns verstecken. Wenn überhaupt, ist er ein Idiot – so hebt er sich nur noch deutlicher vom Schnee ab.*

Ruhe. Ich muss mich ihm vorsichtig nähern.

In solch kritischen Situationen hatte sein Tier gelernt, seinen Anweisungen zu folgen. Daniel überlegte, was zu tun war. Er konnte den Typen allein ausschalten, aber damit würde er riskieren, seine Position zu verraten, falls das Arschloch Komplizen in der Nähe hatte.

Wartete er jedoch auf seine Teamkollegen, konnte dieser Typ entkommen, und Daniel riskierte, ihn zu verlieren.

Denn egal, wie gut er Spuren lesen konnte, der Schnee überdeckte schnell alles, und der Mensch konnte vielleicht einen Weg finden, ihm zu entkommen.

Während er noch abwog, was er tun sollte, sah er, wie der Mann sein Handy einsteckte und ein zylindrisches schwarzes Gerät hervorzog, das perfekt in seine Hand passte.

Eines mit einem roten Knopf.

Der Mann grinste, während er die Drachen über sich kreisen sah.

Fuck! Es gab also noch mehr Sprengstoff – und wer zum Teufel wusste, wo.

Bevor der Mann den Daumen auf den Auslöser legen konnte, sprang Daniel und riss ihn zu Boden. Es gelang ihm, das Gerät außer Reichweite von ihnen beiden zu stoßen, und er rang mit dem Mann.

Trotz seiner schlanken Statur war der Typ stark – und Verzweiflung und Hass gaben ihm zweifellos zusätzliche Kraft.

Doch stärker als ein Drachenwandler war er nicht.

Bevor Daniel die Hände des Mannes endgültig fixieren konnte, bäumte sich der Typ auf und schuf gerade genug Abstand, um in seine Jackentasche zu greifen.

Im nächsten Augenblick explodierte etwas.

Und die Welt wurde schwarz.

Kapitel Zwölf

Sobald der Korb den Boden berührte und der Drache ein Stück weiter entfernt landete, betrachtete Jenny die kleine Gruppe, die einige Meter entfernt wartete. Solana deutete auf einen großen, blassen Mann mit den leuchtend roten Haaren. „Das ist mein Gefährte, Axel."

Er lächelte Solana an, bevor er seinen prüfenden Blick auf Jenny richtete. Sie bemühte sich, das Kinn hochzuhalten, was ihr ein leises „Perfekt, genauso" von Solana einbrachte.

Er trat vor, zusammen mit einem weiteren großen Mann, dessen Haut genauso sanft gebräunt und dessen Haare schwarz waren. Solana deutete auf ihn. „Das ist mein um zehn Minuten älterer Zwillingsbruder Rio, unser Clanführer. Er wirkt etwas mürrisch, aber das ist nur Fassade. Spiel deine Karten richtig aus, und du wirst sehen, dass er im Inneren ein großer Teddybär ist."

Rio brummte. „Das habe ich gehört, Sol."

Solana zuckte mit den Schultern. „Ich sage nur die Wahrheit."

Axels Lippen zuckten, doch Rios Gesicht blieb unbewegt und undurchdringlich. Vermutlich gehörte das einfach zum Anforderungsprofil eines Drachenclanführers, jedenfalls soweit sie wusste.

Um einen guten Eindruck zu machen, lächelte sie beide Drachenmänner an, als sie aus dem Korb stieg. Nachdem Axel seine Gefährtin geküsst und einen Arm um ihre Taille gelegt hatte, um sie an seine Seite zu ziehen, begegneten seine blauen Augen Jennys Blick. „Also das ist die Menschenfrau, die Daniel gerettet hat."

„Äh, ja. Ich bin Jenny Hartmann."

Wie so oft ließ ihre Nervosität sie etwas Dummes tun, und sie machte einen halben Knicks.

Solana lachte. „Fang bloß nicht damit an, Jenny, sonst erwartet mein Gefährte noch, dass wir uns alle vor ihm verneigen. Und das wird definitiv nicht passieren."

Axel grunzte. „Vielleicht nur bei dir nicht. Bei ein paar Neuankömmlingen könnte ich es eventuell durchsetzen." Er beugte sich vor und flüsterte Solana etwas ins Ohr. Ihr Mund klappte kurz auf, doch sie fing sich schnell wieder und sagte: „Nein, wirklich, verhalte dich einfach normal. Clanführer oder oberste Beschützer sind keine Könige oder sowas." Sie deutete auf Rio. „Im Fall des Clanführers müssen sie einen Wettkampf gewinnen, ihre Fähigkeiten beweisen und die Unterstützung des Clans erhalten."

Jenny wusste das natürlich. Bei den Prüfungen zum Clanführer gab es oft allerlei Aufgaben und Missionen, weshalb große Gebiete zeitweise gesperrt wurden. Das war vor einigen Jahren auch hier auf diesem Berg passiert, wie sie von ihrer Schwester und deren Mann gehört hatte. „Äh, ja, ich weiß. Es ist nur … na ja, darüber zu lesen oder davon zu hören, ist einfach nicht dasselbe, wie es selbst zu erleben.“ Sie deutete auf den Korb. „Fliegen war jedenfalls viel sanfter, als ich es mir vorgestellt hatte.“

Der Clanführer ergriff wieder das Wort. „Chris ist einer unserer besten Flieger.“ Er musterte Jenny mit aufblitzenden Drachenaugen, doch sie blinzelte nicht einmal. Er nickte, als hätte sie gerade eine Prüfung bestanden, und fuhr fort: „Aber es gibt einiges zu besprechen, Jenny. Sowohl über deinen Aufenthalt hier als auch über das, was Daniel dir erzählt hat.“

„Ich weiß.“ Sie biss sich auf die Unterlippe bevor sie antwortete: „Aber zuerst – gab es Neuigkeiten, während ich in der Luft war?“

Rio schüttelte den Kopf. „Nicht viel. Alle haben die Hütte erreicht und sich in zwei Gruppen aufgeteilt – eine am Boden und eine in der Luft. Möglicherweise hören wir erst wieder etwas, wenn alles vorbei ist.“

Eine Frau, die Jenny zuvor nicht bemerkt hatte – mit lockigem schwarzem Haar und dunkler Haut –, näherte sich ihr. „Es ist frustrierend, ich weiß. Mein Gefährte ist auch einer der Beschützer dort draußen. Aber sie stehen füreinander ein – die meisten dienen schon seit Jahren zusammen – und werden alles Erforderliche tun, damit jeder heil nach Hause kommt." Sie lächelte. „Oh, ich habe mich ja gar nicht vorgestellt. Ich bin Bree. Freut mich, dich kennenzulernen."

Jenny blinzelte darüber, dass noch eine Drachenwandlerin ihr von Anfang an so freundlich begegnete – obwohl viele Menschen ihnen das Leben im Laufe der Jahre schwer gemacht hatten, und schaffte es zu antworten: „Ähm, danke. Das hilft ein bisschen, auch wenn ich vermutlich erst wieder ganz bei mir bin, wenn Daniel zurückkommt. Oh, und ich bin Jenny."

Bree deutete auf die Öffnung in der Felswand, die das offene Areal umgab. „Komm, bringen wir dich rein, bevor du noch erfrierst. Du kannst mir helfen, warme Getränke und Essen für ihre Rückkehr vorzubereiten."

Jenny sah Solana an, die nickte. „Geh mit Bree. Ich komme bald nach, versprochen."

Jenny winkte zum Abschied und folgte Bree. „Ähm, ich sollte vielleicht die Fakten auf den Tisch legen: Ich bin nicht gerade die beste Köchin der Welt."

Die Pupillen der Drachenfrau blitzten auf, dann grinste sie. „Solange es keine Holzkohle ist, essen sie alles. Menschen haben ja keine Ahnung, wie viel ein Drachenwandler nach langen Flügen oder Einsätzen verdrücken kann."

Etwas entspannter witzelte Jenny: „Mehr als menschliche Teenagerjungen?“

Bree zuckte mit den Schultern. „Ich habe noch keinen kennengelernt, aber ich denke schon. Einmal hat mein Gefährte bei einer einzigen Mahlzeit drei ganze Brathähnchen, vier Ofenkartoffeln, eine Schüssel Salat und einen ganzen Kuchen gegessen. Warum er danach nicht gewatschelt ist, weiß ich bis heute nicht.“

Jenny lachte und mochte Bree immer mehr. Solana war zwar freundlich gewesen, doch bei Bree fühlte sie weniger das Verlangen, Eindruck machen zu müssen – schließlich war Bree „nur“ ein normales Clanmitglied und nicht mit dem Sicherheitschef verbunden.

Sie betraten eine niedliche kleine Hütte mit vielen großen Fenstern. Jenny half so gut sie konnte beim Belegen von Sandwiches und fühlte sich sogar zum ersten Mal seit sehr, sehr langer Zeit beinahe zuhause, als plötzlich heftig gegen die Tür geklopft wurde.

Bree runzelte die Stirn und ging, um aufzumachen, und Jenny folgte ihr. Als sich die Tür öffnete, stand Solana dort und sagte: „Du musst sofort mitkommen, Jenny. Daniel wurde verletzt – und es ist ernst.“

Alle warmen, behaglichen Gefühle von eben verschwanden. „Er ist verletzt?“

„Ja. Der Mensch, den er überwältigt hat, hatte einen kleinen Sprengsatz im Rucksack. Daniel hat ihn zwar weggestoßen – deshalb ist er nicht schon tot –, aber er war noch nah genug, dass die Explosion schweren Schaden anrichten konnte.“ Sie machte eine Geste. „Die Ärzte wollen dich in der Nähe haben. Manchmal kann eine Gefährtin einen Schwerverletzten dazu ermutigen, zu kämpfen und ihn von der Schwelle des Todes zurückzuholen, wenn es sonst niemand schafft.“

Jenny wollte sagen, dass sie noch nicht Daniels Gefährtin war – nicht einmal sicher wusste, ob sie wahre Gefährten waren –, doch sie schob den Gedanken rasch beiseite. „Ich werde alles tun, um Daniel zu helfen.“

Solana nickte. „Dann schnapp dir deinen Mantel und komm mit mir.“

Jenny nahm den Weg zum kleinen Klinikgebäude kaum wahr. Nein, ihre Fantasie malte sich unterwegs die schlimmsten Szenarien aus – was alles schiefgelaufen sein konnte und dass es ihr wieder einmal auf die Füße fallen würde, dass sie sich viel zu schnell in einen Typen verliebt hatte.

Sie war noch nicht bereit zu sagen, dass sie Daniel liebte. Aber die Vorstellung, keine Gelegenheit mehr zu bekommen, ihn kennenzulernen, seinen warmen Körper noch einmal im Bett um sich zu spüren oder ihn zum Lächeln zu bringen, ließ ihren Magen rebellieren.

Im dreistöckigen Gebäude, von dem Solana sagte, es sei die Klinik, kam ihnen ein Drachenmann in blauer OP-Kleidung entgegen. Er streckte die Hand aus, und Jenny schüttelte sie wie auf Autopilot. Er sagte: „Ich bin einer der Pfleger hier, Matt. Kommen Sie, wir gehen in einen privaten Warteraum. Dann können Sie, sobald der Arzt grünes Licht gibt, Daniel besuchen."

Die Emotion schnürte ihr die Kehle zu, doch sie brachte ein „Wie geht es ihm?" hervor.

„Ich kenne nicht alle Details, aber er lebt noch. Und wenn Dr. Baker da ein Wörtchen mitzureden hat, bleibt das auch so."

Sie versuchte zu lächeln, doch es gelang ihr nicht ganz.

Sobald sie in einem kleinen Raum mit Sofa, einem bequemen Sessel, einem kleinen Kühlschrank und sogar einer Spüle waren, blieb Matt in der Tür stehen und sagte: „Wir sagen regelmäßig Bescheid. Setzen Sie sich und versuchen Sie etwas zu trinken, damit Sie bei Kräften bleiben. Ich schaue bald wieder nach Ihnen."

Als die Tür ins Schloss fiel, begann Jenny im Raum auf- und abzugehen. Sie wusste, dass der Pfleger solche Dinge sagen musste, doch unmöglich konnte sie einfach auf dem Sofa sitzen und Limonade trinken oder so tun, als wäre alles normal.

Daniel hatte sie nicht nur aus der Kälte gerettet und aufgenommen, sondern auch dafür gesorgt, dass sein Clan sie in Sicherheit brachte. Und er hatte ihnen das Versprechen abgenommen, sich um sie zu kümmern.

Und das alles, obwohl er sie kaum zwei Tage kannte.

Wenn sie sich dann noch überlegte, dass schon

eine einfache Berührung oder ein Kuss auf ihren Hals sie zum Schmelzen gebracht hatte –, konnte Jenny sich nur schwer eine Zukunft ohne Daniel vorstellen.

Sie war noch nicht so weit zu sagen, alles würde perfekt werden und sie würden glücklich bis ans Ende ihrer Tage leben. Aber sie wollte die Chance haben, herauszufinden, was die Zukunft bereithielt.

Außerdem konnte sie es kaum erwarten, seine Stimme zu hören, seine Arme um sich zu spüren und sich seinetwegen erneut schön und begehrt zu fühlen.

All das, was sie nie zuvor mit einem Mann wirklich erlebt hatte.

Während sie im Raum auf und ab ging, schwor sich Jenny, alles zu tun, um Daniel zu helfen. Nicht nur, weil sie ihm was schuldete, und zwar viel, weil er ihr das Leben gerettet hatte. Nein, weil die Welt mehr Leute wie ihn brauchte, und für ihn war es noch nicht an der Zeit zu gehen.

Kapitel Dreizehn

Stunden später saß Jenny auf dem Sofa, den Kopf in den Händen, und versuchte, sich selbst zu einem Powerschläfchen zu zwingen. Seit achtzehn Stunden war sie nun schon hier, und so sehr sie sich auch dagegen wehrte, einzuschlafen – ihr Körper begann, von selbst herunterzufahren.

Für fünf Minuten die Augen zu schließen wäre besser, als einfach umzukippen, und irgendjemand müsste dann versuchen, sie zu wecken. Sie hatte schon immer einen tiefen Schlaf gehabt, egal in welcher Situation.

Während ihr Kopf noch die schlimmsten Szenarien durchspielte – dass Daniel vielleicht längst gestorben war –, öffnete sich die Tür. Sie hob den Kopf und sah jemanden, den sie noch nicht kannte: einen großen Mann in OP-Kleidung, seine langen braunen Haare zu einem Männerdutt im Nacken zusammengebunden.

Sie sprang auf und platzte heraus: „Gibt es Neuigkeiten?"

Der Drachenmann – seine grünen Augen blitzten kurz auf – antwortete: „Ja. Bevor ich Sie jedoch aus diesem Raum lassen kann, muss ich Ihnen alle Fakten darlegen. Denn das, worum wir Sie bitten müssen, könnte Ihre gesamte Zukunft verändern."

Ihr Herz begann zu rasen. Das klang unheilvoll. „W-wovon sprechen Sie?"

Der Mann räusperte sich. „Zunächst einmal: Ich bin Dr. Baker. Was Daniel betrifft – in den ersten Stunden nach der Operation war er stabil. Doch in den letzten Stunden haben sich seine Vitalwerte langsam verschlechtert. Wenn wir nichts Drastisches unternehmen, befürchte ich, dass er kollabiert … und sterben könnte."

Ihr Magen sackte ihr in die Kniekehlen. „Nein", hauchte sie.

„Vielleicht können Sie ihm helfen."

Sie machte einen Schritt auf den Drachenmann zu und musste sich beherrschen, ihn nicht dafür zu schütteln, dass er Informationen auch nur eine Sekunde länger zurückhielt als nötig. „Wie kann ich ihm helfen? Sagen Sie es mir. Ich tue alles."

Der Drachenmann runzelte die Stirn. „Ich kann nicht einfach Ja sagen, ohne dass Sie vorher etwas wissen. Lassen Sie es mich kurz erklären: Der beste Weg, einen Drachenwandler zu stabilisieren, ist, seinen inneren Drachen zu wecken. Wenn die Drachenhälfte um ihr Leben kämpft, überlebt er in der Regel. Freunde oder Familie sind zwar besser als nichts – aber die wahre Gefährtin des Patienten hat die größte Chance, seine Drachenhälfte zu wecken."

Und sofort senkte sich wieder ein Schatten über sie. „I-ich weiß nicht, ob ich das für ihn bin. Also könnte ich ihm vielleicht gar nicht helfen."

Dr. Baker legte den Kopf schief. „Daniel hat Axel mitgeteilt, dass Sie wahrscheinlich seine wahre Gefährtin sind. Rückblickend war es klug von ihm, uns diese Information zu geben, damit wir sie nutzen können." Der Arzt musterte sie einen Augenblick lang, seine grünen Augen schienen sie förmlich zu durchdringen. „Wenn Sie Daniel auf den Mund küssen und er tatsächlich Ihr wahrer Gefährte ist, wird sein Drache sich sofort in den Vordergrund seines Bewusstseins drängen."

Sie bemühte sich, alles zu verarbeiten, was der Arzt gesagt hatte. „Moment mal. Soweit ich weiß, hält einen Drachen nichts davon ab, seine Gefährtin zu beanspruchen. Würde er mich dann nicht einfach zu Boden werfen und den Gefährtenrausch beginnen – trotz seines Zustands?"

Dr. Baker schüttelte den Kopf. „Nein. Das lasse ich nicht zu. Es wird nicht vielen Menschen öffentlich mitgeteilt, aber wir verfügen über ein Medikament, das das innere Tier für kurze Zeit zügeln kann."

Ein Hauch Hoffnung kehrte zurück. Wenn der Arzt den Drachen im Zaum halten konnte, konnte sie Daniel vielleicht wirklich helfen.

Doch sie bezweifelte, dass das eine dauerhafte Lösung war. Selbst sie wusste inzwischen, dass der innere Drache ein essenzieller Teil eines Wandlers war. Und bevor sie zustimmte, musste sie fragen: „Und was passiert, wenn ich ihn küsse, seinen Drachen wecke – und mich dann gegen den Gefährtenrausch entscheide?"

Es gefiel ihr nicht, das fragen zu müssen, sie wollte nicht einmal daran denken, und doch wollte sie Daniel nicht zwingen, sie als Gefährtin zu nehmen, ohne selbst etwas dazu sagen zu können.

Der Arzt zögerte keine Sekunde, als hätte er mit ihrer Frage gerechnet. „Wenn eine wahre Gefährtin einen Drachenwandler zurückweist, muss er für mindestens ein Jahr isoliert bleiben – oft sediert und weitgehend allein –, bis der Drang, sie zu beanspruchen, nachlässt. Andernfalls würde er vor nichts Halt machen, bis er Sie findet."

Allein der Gedanke, dass Daniel praktisch eingesperrt würde, nur weil sie panisch davonlief, ließ ihr den Magen verkrampfen.

Der Arzt beugte sich vor. „Mir gefällt auch nicht, dass ich Ihnen diese enorme Entscheidung abverlangen muss. Aber werden Sie Daniel küssen und sehen, ob es seinen inneren Drachen erweckt? Obwohl Sie wissen, dass Sie sich entweder zum Gefährtenrausch bekennen müssen – oder an einen fernen Ort fliehen, bis sich der Drache beruhigt?"

Ihr Herz schlug heftiger, während sie versuchte, alles zu begreifen.

Ja, sie wollte, dass Daniel gesund wurde. Und sie wollte ihm helfen.

Aber wenn – und es war noch immer ein großes Wenn – sie wirklich seine wahre Gefährtin war … konnte sie sich dann auf ihn festlegen? Auf ihn und möglicherweise ein Kind? Obwohl sie ihn kaum kannte?

Oder würde sie alles hinter sich lassen müssen, um sich vor ihm zu verstecken?

Trotz allem konnte sie sich nicht vorstellen, vor Daniel davonzulaufen. Und obwohl sie in der Vergangenheit von einem Mann verletzt worden war, sich zu schnell verliebt und vorschnelle Entscheidungen getroffen hatte, spürte sie, dass Drachenwandler grundlegend anders waren, wenn es um sowas Ernstes wie Gefährten ging.

Sie brauchte eine Bestätigung und fragte: „Sagen Sie mir nur noch eines – was, wenn wir den Rausch durchmachen, ich sein Kind bekomme und er es bereut? In gewisser Weise nehmen wir ihm doch die Wahl."

Der Arzt schüttelte den Kopf. „Nein, tun wir nicht. Daniel hat seinem Freund bereits gesagt, dass er Sie beanspruchen will – komme, was wolle."

Sie blinzelte. „Das hat er?"

Dr. Baker nickte. „Ja. Also liegt es ganz bei Ihnen, Jenny. Ich weiß, es ist viel verlangt, und es wird Ihre Zukunft drastisch verändern – Sie müssten bei einem Drachenclan leben, wenn Sie ein Kind erwarten, das ein halber Drachenwandler ist. Aber Sie sind unsere einzige Hoffnung, Daniel zu retten. Und egal, was die Zukunft bringt – wir werden Ihnen auf jede erdenkliche Weise helfen. Sie sind vielleicht offiziell noch kein Teil unseres Clans, aber wenn Daniel bereits entschlossen war, Sie zu seiner Gefährtin zu machen, dann ehren wir seine Absicht und schützen Sie, als wären Sie das schon." Er trat näher. „Also – was sagen Sie?"

Sie starrte den Arzt an, ihre Gedanken wirbelten durcheinander. Trotz der vielfachen Gründe, weswegen sie sich mehr Zeit nehmen sollte, schrie ihr Bauchgefühl die Antwort. Daniel hatte in den letzten Tagen schließlich mehr für sie getan als ihr Ex in all den Jahren.

Daniel Torres war es einfach wert, dass sie um ihn kämpfte.

Sie atmete tief durch und nickte. „Ich mache es."

Dr. Baker nickte. „Gut. Dann kommen Sie mit."

„Jetzt schon?"

„Ja. Jede Minute, die wir warten, bringt ihn weiter in Lebensgefahr."

Wow. Dieser Arzt nahm wirklich kein Blatt vor den Mund.

Doch Jenny hatte sich entschieden. Das tat sie oft schnell. Nicht immer war es klug gewesen – ihr Ex war das beste Beispiel. Aber wenn sie sich entschied, dann stand sie auch dazu.

Daniels Zimmer war nicht weit entfernt, und bevor sie wusste, wie ihr geschah, öffnete der Arzt eine Tür und bedeutete ihr zu folgen.

Sie atmete noch einmal tief durch, bereitete sich auf das Schlimmste vor – und trat ein.

… und konnte ein Keuchen gerade so unterdrücken.

Daniel lag in einem Krankenhausbett. Sein Gesicht war voller Blutergüsse, Schnitte und sogar Brandstellen. Er war an unzählige Geräte angeschlossen, die piepten und wer weiß was machten. Seine Haut war nicht nur fahl – er lag auch vollkommen regungslos da. Unnatürlich regungslos.

Doch dann sah sie das Heben und Senken seiner Brust – und das gab ihr die Kraft, näherzutreten. Solange er atmete, gab es Hoffnung, ihn zu retten.

Jenny stellte sich neben das Bett. Ohne den Blick von seinem zerschundenen Gesicht abzuwenden, fragte sie: „Kann ich zuerst seine Hand nehmen?"

„Ja. Seien Sie nur vorsichtig."

Sie schloss sanft ihre Finger um seine. Auch wenn seine Haut kühler war als sonst, durchströmte sie bei der Berührung ein Gefühl von Richtigkeit, Sicherheit und tiefer Zufriedenheit.

Sie wollte eine Chance bei diesem Drachenmann. Unbedingt.

Dr. Baker stand auf der anderen Seite des Bettes. „Wann immer Sie bereit sind. Nicken Sie mir kurz zu, bevor Sie ihn küssen, damit ich vorbereitet bin."

Er hatte bereits sterile Handschuhe angezogen und eine Schublade neben dem Bett geöffnet. Sie wollte nicht sehen, was sich darin befand. Es hatte einen Grund, warum sie Lehrerin geworden war – und nicht Krankenschwester oder Ärztin.

Sanft strich sie über die unverletzte Haut an Daniels Schläfe und flüsterte: „Danke, dass du mich gerettet hast. Jetzt bin ich dran."

Sie nickte Dr. Baker zu, beugte sich vor und legte ihre Lippen sanft auf Daniels.

Der Kuss war zurückhaltend, kaum mehr als ein sanftes Streifen – doch ihr ganzer Körper erwachte bei dem Kontakt, verlangte nach mehr.

Oh ja, er war genau der Richtige für sie. Kein anderer hatte jemals eine solche Wirkung auf sie gehabt.

Ein paar Sekunden später zog sie sich zurück – und runzelte die Stirn. Daniel reagierte nicht. Bewegte sich nicht. Gar nichts.

Bedeutete das, dass sie doch nicht seine wahre Gefährtin war? Und warum schnürte ihr dieser Gedanke die Brust zu und ließ Tränen in ihren Augen prickeln?

Daniels Augen flogen auf. Seine Pupillen blitzten. Seine Stimme klang tiefer als sonst. „Du gehörst mir, Menschenfrau. Mir. Und ich muss dich beanspruchen, um andere Männer fernzuhalten."

Sie blinzelte. Bevor sie etwas fragen konnte, sagte Dr. Baker: „Ja, Sie sind seine wahre Gefährtin. Treten Sie jetzt zurück, damit ich ihm helfen kann."

Jenny versuchte zurückzutreten, doch Daniels Griff um ihre Hand wurde fester. Diese tiefere Stimme – war das sein Drache? – knurrte: „Geh nicht. Ich brauche meine Gefährtin. Jetzt."

Sie schüttelte den Kopf. „Später. Du bist verletzt und musst dich ausruhen."

Daniel knurrte erneut. „Ich muss meine Gefährtin beanspruchen, um die anderen Männer fernzuhalten."

Dr. Baker bereitete eine Spritze vor, während Jenny weiterredete, um Daniel abzulenken. „Ich will keine anderen Männer, Daniel. Nur dich."

Er knurrte. „Worte reichen nicht. Ich muss dich ficken, immer wieder, bis du unser Kind trägst."

Nun, sein Drache war definitiv sehr direkt.

Bevor Jenny sich überlegen konnte, wie sie darauf reagieren sollte, zog Dr. Baker schon die leere Spritze aus Daniels Arm. Sekunden später sagte Daniel mit schläfriger Stimme, während er kaum die Augen offenhalten konnte: „Was hast du mit …"

Sein Körper erschlaffte, und er sank zurück in Bewusstlosigkeit. Jenny wartete und beobachtete seine Brust. Als er weiter gleichmäßig atmete, seufzte sie erleichtert.

„Wird er jetzt durchkommen?"

„Sehr wahrscheinlich." Ihr war wohl die Angst anzusehen, denn der Drachenarzt wählte einen sanfteren Ton und sagte: „Ich lüge meine Patienten nicht an, Jenny. Es besteht immer ein Restrisiko.

Aber ich schätze seine Heilungschancen dank Ihnen auf etwa fünfundneunzig Prozent."

Sie starrte Daniel an und strich ihm eine Strähne aus der Stirn. Sie hasste diese verbleibenden fünf Prozent wirklich.

Die Stimme des Arztes drang erneut in ihr Bewusstsein: „Sie sollten jetzt zu Bree gehen. Ruhen Sie sich aus, und kommen Sie morgen zurück."

Ohne den Blick von Daniels schlafendem Gesicht zu lösen, schüttelte sie den Kopf. „Ich kann ihn nicht allein lassen. Was, wenn Sie mich noch einmal brauchen?"

„Sein Drache wird für ein paar Tage ruhig sein. Ich habe ihm außerdem ein starkes Schlafmittel gegeben, damit sein Körper heilen kann. Er wird erst morgen früh aufwachen."

„Aber …"

„Jenny." Auf den strengen Blick des Arztes hin sah sie ihn an.

„Wenn Daniel erfährt, dass wir uns nicht um Sie gekümmert haben, nicht dafür gesorgt haben, dass Sie essen, schlafen oder sich erholen –, wird er uns die Hölle heißmachen, sobald er aufwacht. Und ich kann wirklich keinen schlecht gelaunten, knurrenden Drachenmann gebrauchen, der mir hinterherläuft und mich belästigt. Also gehen Sie zu Bree, essen und schlafen Sie –, und kommen Sie morgen ausgeruht zurück."

Sie biss sich auf die Lippe, immer noch unentschlossen. Es fühlte sich falsch an, ihn so zurückzulassen.

Der Arzt senkte den Kopf, bis sie es merkte und seinem Blick begegnete. Er sagte: „Was Sie vielleicht nicht wissen: Ein Drachenwandler liebt es, seine Gefährtin – oder *zukünftige* Gefährtin – glücklich zu sehen, mehr als alles andere. Wenn er beim Aufwachen sieht, dass es Ihnen gut geht, wird ihn das freuen. Vielleicht hilft es ihm sogar, schneller zu heilen."

Sie durchschaute den Versuch, ihr ein schlechtes Gewissen einzureden – aber sie konnte es dem Arzt nicht verdenken. Ständig mit kranken oder verletzten Drachen zu arbeiten, war bestimmt nicht leicht. Und selbst wenn ihre Erfahrung begrenzt war, verstand sie allmählich immer besser, wie Drachen dachten und handelten.

Mit anderen Worten: Daniel würde sich sorgen, wenn sie morgen wie ein Zombie aussah, mit dunklen Ringen unter den Augen und kreidebleich vor Erschöpfung.

„Gut. Ich versuche es. Aber ich kann nicht verhindern, dass ich mir Sorgen mache. Und ich komme morgen so früh wie möglich zurück und bleibe, bis Sie mich wieder rausschmeißen."

Dr. Baker lächelte. „Ich glaube, Sie werden hier gut hinpassen, Jenny."

Das war wohl als Kompliment gemeint, aber sie war zu müde, um es weiter zu analysieren. „Ich hoffe es."

Sie sah zurück zu Daniel. „Denn Daniel gehört hierher. Und ich will bei ihm sein."

Man musste dem Arzt anerkennen, dass er nicht

schnaubte. Denn selbst in ihren eigenen Ohren klang es ein bisschen kitschig.

Doch das war ihr egal. Sie war schließlich seine wahre Gefährtin. Das Schicksal hielt sie offenbar für seine größte Chance auf Glück.

Sie hoffte nur, dass es am Ende funktionierte.

Kapitel Vierzehn

Schmerz strahlte durch Daniels gesamten Körper, doch er fühlte sich seltsam fern an, dumpf, fast so, als gehörte er jemand anderem.

Das war sein erster Gedanke. Sein zweiter war, wie still und leer sich sein Kopf anfühlte, als wäre sein Drache verschwunden. Da es mehr als zwanzig Jahren her war, seit er zum ersten Mal mit seinem inneren Drachen gesprochen hatte, war diese Leere unglaublich fremd – und einsam.

Bedeutete das, dass er tot war? Schließlich war alles dunkel.

Irgendetwas drängte ihn jedoch, die Augen zu öffnen. Es erforderte eine Menge Konzentration – und verdammt viel mehr Anstrengung, als es sollte –, doch schließlich hoben sich seine Lider, und ein schwaches Licht drang in sein Blickfeld.

Nachdem er ein paarmal geblinzelt hatte, nahm der Raum Gestalt an. Den Maschinen, den beigefarbenen Wänden und der Tür mit dem rechteckigen Fenster im oberen Teil nach zu urteilen, befand er sich in der Klinik des Clans.

Die Erinnerungen stürzten auf ihn ein – die erste Explosion, Jenny in Sicherheit zu bringen, die Suche im Wald und schließlich, wie er den Menschenmann zu Boden gerissen hatte, als eine weitere Explosion losging.

Er suchte nach seinem Drachen – doch da war nichts. Keine Präsenz. Kein inneres Bild. Kein Knurren, keine Beschwerden.

Bevor Panik einsetzen konnte – es war selten, aber möglich, dass ein Drachenwandler seinen inneren Drachen verlor –, erfüllte eine weibliche Stimme seine Ohren. „Daniel! Du bist wach!"

Jenny war an seiner Seite, hielt seine Hand, Tränen in den Augen. Ihre Nähe ließ einen Teil seiner Anspannung abklingen.

Denn sie war in Sicherheit.

Er krächzte: „Jenny."

Sie nickte. „Ja, ich bin's. Gott sei Dank, du bist endlich aufgewacht! Alle haben sich schon Sorgen gemacht."

Es gefiel ihm nicht, wie gerötet ihre Augen waren oder wie blass ihre Haut. Doch anstatt zu fragen, wann sie zuletzt etwas gegessen oder geschlafen hatte, platzte es aus ihm heraus: „Wie lange war ich weg?"

„Vier Tage. Aber es hat sich wie Jahre angefühlt." Sie hob sanft seine Hand und küsste den Handrücken. Dass ihre Lippen seine Haut streiften, beruhigte ihn. „Und Dr. Baker hat gesagt, ich soll dir ausrichten, dass dein Drache zurückkommt, sobald du bereit bist. Er musste ihn eine Weile ruhigstellen, nachdem wir … äh … uns geküsst haben."

Er hatte sie geküsst? Und er erinnerte sich verdammt noch mal nicht daran?

Er musste laut geknurrt haben, denn Jenny lachte leise. „Ja, du warst in dem Moment bewusstlos – definitiv Dornröschen-Vibes –, und danach hast du ein Schlafmittel bekommen. Deshalb erinnerst du dich wahrscheinlich nicht daran. Und es war auch kein leidenschaftlicher, verschlingender Kuss. Du hast also nicht viel verpasst."

Er knurrte erneut. „Ich wünschte trotzdem, ich könnte mich daran erinnern."

Sie lächelte und strich ihm die Haare von der Stirn. Daniel lehnte sich in ihre Berührung. Ihre Stimme wurde weicher, als sie sagte: „Ich weiß. Aber ich hatte die Wahl, dich entweder zu küssen, während du bewusstlos warst, und deinen Drachen zu wecken … oder womöglich zuzusehen, wie du stirbst. Und das konnte ich nicht, Daniel."

Ihre Stimme brach, und er griff nach ihrer Hand. Es fühlte sich an, als würde er einen Zementsack heben, doch als seine Finger sich um ihre schlossen und sie seine Hand drückte, sah er, wie Jenny sich ein wenig entspannte.

Gut. Denn selbst noch halb benommen begriff er, warum der Arzt ihn ruhiggestellt hatte. „Also bist du meine wahre Gefährtin. So wie mein Drache vermutet hat."

Sie senkte den Blick. „Ja."

Es gefiel ihm nicht, wie sie verstummte. Und obwohl es ihm im Herzen wehtat, sie zu fragen, tat er genau das: „Wolltest du es nicht sein?"

Sie begegnete seinem Blick, und ihre Augen weiteten sich. „Oh doch, ich wollte deine wahre Gefährtin sein. Also … ich glaube, ich wusste nicht, wie sehr ich es wollte, bis es passiert ist. Aber es ist irgendwie seltsam zu wissen, dass wir, sobald du wieder gesund bist, uns irgendwohin zurückziehen und miteinander schlafen werden, immer und immer wieder, bis ich schwanger bin. Wie eine Vorspultaste fürs Leben oder so. Wobei wir bei unserem Tempo wahrscheinlich ein paarmal zurückspulen müssen, bevor wir am Ende ankommen."

Er musste über ihr Geplapper lächeln. Trotz allem war sie noch dieselbe Jenny wie vor dem Schlamassel – und das beruhigte ihn.

Vor allem, weil sie gesagt hatte, sie wolle seine Gefährtin sein. Seine. Diese Frau würde er gewinnen, ehren und glücklich machen.

Wenn er nur schneller gesund würde und endlich aus diesem Bett käme, dann konnte er damit beginnen.

„Wir können uns Zeit lassen, bis du dich bei dem Gedanken an einen Gefährtenrausch wohler fühlst." Er drückte ihre Finger und senkte die Stimme. „Aber ich will nicht lügen – ich wollte dich vom ersten Moment an nackt haben und sehen, wie du dich unter mir windest."

Sie hob eine Braue. „Du hast mich auf dem Po auf einer vereisten Straße sitzen sehen, wie ich ins Nichts geschrien habe, und dachtest: ‚Oh ja, Baby. Die will ich in meinem Bett.'"

Er lachte leise. „Okay, vielleicht nicht genau in diesem Moment. Aber kurz danach. Und ganz sicher, als ich deinen warmen, weichen Körper in meinen Armen getragen habe."

Selbst in seinen eigenen Ohren klang seine Stimme heiser. Jennys Wangen färbten sich. „Beruhige dich, Drachenmann. Wir dürfen einander nicht einmal wieder küssen, bevor der Arzt es dir erlaubt – geschweige denn rammeln wie die Karnickel."

Seine Lippen zuckten. „Wenn du es ‚rammeln wie die Karnickel' nennst, hattest du eindeutig noch nie richtig guten Sex."

„Vielleicht nicht." Sie räusperte sich. „Aber nach unseren, äh, früheren Spielchen sollten wir in der Hinsicht gut aufgestellt sein."

Er knurrte, und sie fügte hinzu: „Okay, mehr als gut. Wunderbar. Weltbewegend. Supercalifragilisticexpialigetisch sogar."

Er lachte. „Versuch mal, das zu schreien, wenn du kommst, meine Menschenfrau. Ich fordere dich heraus."

Sie schüttelte den Kopf. „Wenn ich das schaffe, heißt das, du gibst dir nicht genug Mühe."

Er schnaubte. „Guter Punkt."

Während sie einander angrinsten, vergaß Daniel für einen Moment seine Verletzungen, den langen Weg der Genesung, die verbliebenen Feinde, die noch angreifen konnten. Nein, genau hier, genau jetzt, war er, wo er sein sollte – bei seiner wahren Gefährtin. Bei der Menschenfrau, die er liebte.

Denn, ja, er konnte sich ein Leben ohne ihre Albernheiten oder ihr Geplauder und ihren Mut, ihm die Stirn zu bieten, nicht mehr vorstellen.

Sie passte perfekt zu ihm. Und gemeinsam, das wusste er, konnten sie sich allem stellen.

Nicht, dass er ihr das schon sagen würde. Nicht jetzt. Sie hatte genug zu verkraften gehabt, völlig unerwartet, und brauchte Zeit, das alles zu verarbeiten.

Er würde ihr von seinen Gefühlen erzählen, wenn der Moment gekommen war.

Fürs Erste drückte er nur ihre Hand fester und sagte: „Gib mir wenigstens einen kurzen Kuss. Einen, an den ich mich diesmal erinnern kann."

Sie hob seine Hand und küsste sie erneut. „Und bevor du knurrst oder grunzt – der Arzt hat gesagt, ich dürfe es nicht riskieren, deinen Mund zu küssen, solange du nicht wieder fit bist. Das könnte deinen Drachen wecken."

Der darauf brennen würde, Jenny zu ficken, bis sie schwanger war.

Mit einem Seufzen fragte er: „Wo ist Kyle?" Auf ihren ausdruckslosen Blick hin formulierte er es genauer: „Dr. Baker?"

„Oh, ich habe schon den Knopf gedrückt. Er müsste also jeden Moment hier sein."

Und noch bevor Daniel ihre Hand zu seinen Lippen führen konnte, betrat Kyle den Raum – selbstsicher wie eh und je.

Auch wenn Daniel wusste, dass ein Drachenarzt eine gewisse professionelle Distanz zum Clan wahren musste, vermisste er immer noch den Jungen, mit dem er aufgewachsen war – den unbeschwerten Draufgänger, der Spaß und Risiken geliebt hatte.

Er ging immer noch Risiken ein – nur jetzt beruflich und nie privat.

Vielleicht brauchte er eine Gefährtin, die sein Leben durcheinanderwirbelte.

Kyle stellte sich ans Bett. „Da du wach bist, erhöhe ich deine Heilungschance auf neunundneunzig Prozent."

Daniel stöhnte. „Nicht schon wieder diese Prozentzahlen!"

Der Arzt schmunzelte. „Doch, ich benutze sie immer noch. Das hat sich in den Wochen seit unserem letzten Treffen nicht geändert. Jetzt stelle ich dir ein paar Fragen und überprüfe einige Dinge."

Kyle sah Jenny an. „Vielleicht holen Sie sich in der Zeit einen Kaffee oder etwas zu essen?"

Jenny schüttelte den Kopf. „Ich bleibe."

Obwohl seine Menschenfrau mindestens zwanzig Zentimeter kleiner war als der Arzt, hielt sie das Kinn hoch und wich keinen Zentimeter zurück.

Ja, mehr und mehr glaubte er, sie würde sich in seinem Clan behaupten.

Kyle räusperte sich. „Gut. Aber treten Sie zur Seite, wenn ich es sage, okay? Je schneller ich fertig bin, desto schneller kann ich einen Genesungsplan aufstellen – und euch beiden etwas Zeit allein geben." Er warf Daniel einen strengen Ich-bin-hier-der-Arzt-also-hör-auf-mich-Blick zu. „Aber absolut keinen Sex, auch nicht oral oder mit der Hand. Du kannst in den nächsten Tagen keinen rasenden Puls oder hohen Blutdruck gebrauchen."

Jenny blinzelte – vermutlich war sie es nicht gewohnt, dass ein Arzt bei einer Visite so offen von *Handarbeit* sprach.

Daniel grunzte. „Na schön. Aber du solltest dir besser Mühe geben, mich schnell wieder fit zu bekommen. Ich habe eine Gefährtin zu beanspruchen."

Kyle verdrehte die Augen. „Ja, ja, das habe ich alles schon gehört. Jetzt zu den Fragen …"

Und während der Arzt ihn langweilige Dinge fragte wie, ob er seinen Namen kenne oder welches Datum sie bei seinem letzten Wachsein gehabt hatten, warf Daniel immer wieder verstohlene Blicke zu Jenny.

Jedes Mal, wenn sie ihn anlächelte, verschwand seine Gereiztheit – und alles rückte wieder an seinen Platz.

Als Kyle jedoch sagte, es würden fast zwei Wochen vergehen, bis er Jenny endgültig beanspruchen durfte, wusste Daniel, dass das die längsten zwei Wochen seines Lebens werden würden.

Er würde sich eben ablenken müssen – indem er seine Gefährtin besser kennenlernte, herausfand, wie er sich um sie kümmern konnte, wie er ihr Partner in allem sein konnte.

Denn die wahre Gefährtin eines Drachenwandlers gefunden zu haben bedeutete nicht nur den Rausch und atemberaubenden Sex.

Nein, Daniel würde dafür sorgen, dass Jenny ihn niemals würde verlassen wollen – egal, wie schwierig die Zukunft werden mochte.

Und nach ihrem turbulenten Beginn würde es vermutlich nicht leicht werden.

Doch Daniel war stur und der Aufgabe gewachsen.

Jenny war es wert. Und das war alles, was zählte.

Kapitel Fünfzehn

In den folgenden beiden Wochen verbrachte Jenny so viel Zeit wie möglich mit Daniel. Sie hatte festgestellt, wie ehrgeizig er bei Karten- oder Brettspielen war – doch sie hatte kein einziges Mal nachgegeben, schließlich gewann sie selbst gern –, und sie hatte sogar seine Mutter kennengelernt.

Rosa Maria Torres war stiller als Jenny – was nicht schwer war –, aber freundlich, mit einem erstaunlich starken Rückgrat. Mitanzusehen, wie sie Daniel dazu brachte, sich auszuruhen, obwohl er das nicht wollte, war ziemlich amüsant gewesen.

Rosa Maria hatte sie außerdem herzlich aufgenommen und nicht einmal mit der Wimper gezuckt, weil die wahre Gefährtin ihres Sohnes ein Mensch war.

Es war so lange her, dass Jennys Mutter noch gelebt hatte, dass sie beinahe in Tränen ausgebrochen wäre, als Rosa Maria gesagt hatte, sie freue sich darauf, sie als Schwiegertochter zu bekommen, und sie umarmt hatte. Zum Glück hatte sie sich zusammenreißen können, bis sie mit Daniel allein war – und dann hatte sie alles herausgelassen: wie sehr sie ihre Mom noch immer vermisste, ihren Dad kaum gekannt hatte, weil er jung gestorben war, und wie ihre Schwester und sie eine geschlossene Front gebildet hatten, bereit, es mit der Welt aufzunehmen.

Leider konnte ihre Schwester erst nach Clan MirrorPeak kommen, wenn Jenny Daniel offiziell gepaart hatte – was passieren würde, sobald der Rausch vorbei war. Sie sprach dennoch täglich mit ihr und bekam einen Ratschlag nach dem anderen darüber, wie man verheiratet war – oder gepaart, dasselbe, wie Jessica sagte –, ohne sich wegen eines falsch abgestellten schmutzigen Tellers gegenseitig umzubringen.

Angeblich war das zwischen ihrer Schwester und deren Mann einmal beinahe passiert.

Doch auch wenn Daniel manchmal mürrisch war oder weniger redete, als ihr lieb gewesen wäre, wusste Jenny nur zu gut, dass auch sie ihre Eigenheiten hatte. Trotzdem schien die Welt, wenn sie allein waren, richtiger, friedlicher, beinahe perfekt.

Während sie jedoch jetzt im Wohnzimmer von Daniels Hütte auf und ab ging, bemühte sie sich, nicht auf ihrer Unterlippe herumzukauen, bis sie blutete.

Bree seufzte. „Hör auf, dir Sorgen zu machen. Der Gefährtenrausch ist mit nichts zu vergleichen.

Glaub mir, so viele Orgasmen hintereinander wirst du nie wieder erleben – und du wirst auch lieben lernen, wie sehr sich das sexuelle Spiel eines Drachen von dem eines Menschen unterscheidet."

Es war immer noch seltsam, daran zu denken, dass zwei Persönlichkeiten in einem Kopf existierten, aber Jenny versuchte stets, alles zu verstehen. „Darüber mache ich mir keine Sorgen. Schon wenn ich Daniel nur küsse, werde ich heiß und will ihn bespringen. Aber ich befürchte immer noch, dass alles zu schnell geht. Bei Clan MirrorPeak hat schon seit sehr, sehr langer Zeit kein Mensch mehr gelebt. Und ich hatte kaum Zeit, alle für mich zu gewinnen – oder herauszufinden, vor wem ich mich in Acht nehmen sollte."

Bree schüttelte den Kopf. „Überlass das uns – wenigstens vorerst. Wir lassen nicht zu, dass dir was passiert. Und Daniel erst recht nicht, sobald er wieder voll kampffähig ist."

Jenny nickte. „Rational weiß ich das. Aber ich sorge mich trotzdem. Mein Leben war die letzten vier Jahre oder so ein ziemliches Desaster. Es fällt mir schwer zu akzeptieren, dass etwas so großartig ist – und es auch bleibt."

Die Drachenfrau lächelte. „Du kommst da schon hin. Manchmal finden wahre Gefährten es durch einen versehentlichen Kuss heraus – und Sex und Schwangerschaft kommen vor jeglichen Gefühlen. Das war zwar nicht meine Geschichte, aber ich weiß, dass einige der Tahoe-

Drachenlotterie-Menschen zu kämpfen hatten. Nicht alle, aber einige."

„Sind sie noch zusammen?"

„Die meisten. Aber denk nicht ständig darüber nach, dass alles schiefgehen könnte, sonst verurteilst du dich selbst, bevor du es überhaupt versucht hast. Und ich kenne einige deiner Zweifel – oder kann sie zumindest erraten –, und du hast nichts zu befürchten. Dein Ex war ein Idiot, egoistisch und nicht gut genug für jemanden wie dich." Sie zwinkerte. „Drachenwandler sind sowieso besser."

Jenny lachte über den spielerischen Ton der Drachenfrau. „Manchmal. Menschen haben auch ihre Vorteile. Zum Beispiel stehen wir nicht minutenlang herum, reden mit einem Drachen in unserem Kopf und lassen alle anderen nervös mit den Füßen scharren, weil sie warten, bis wir fertig sind."

Bree zuckte mit den Schultern. „Nur, weil du nicht so aufgewachsen bist. Aber für einen Menschen, ja, kann es etwas seltsam oder unangenehm sein. Aber wenn du einen Drachen paarst, bekommst du beide Hälften." Sie musterte Jenny einen Moment, bevor sie hinzufügte: „Auch wenn du Daniels Drachen noch nicht lange kennst – bist du bereit, ihn zu akzeptieren? Er wird künftig deutlich stärker mitentscheiden."

Jenny hatte lange und angestrengt darüber nachgedacht. Doch sie vertraute Daniel – also würde sie auch seinem Drachen vertrauen. „Ich weiß. Und durch den Gefährtenrausch wirst du seinen Drachen sehr viel besser kennenlernen."

Es klingelte an der Tür, und Jenny blieb abrupt stehen. Sie strich über den Rockteil – sie hatte absichtlich ein schlichtes Kleid gewählt, an dem ihr nicht viel lag, wie Bree geraten ihr hatte, da es vermutlich ohnehin zerfetzt würde – und versuchte, ihr rasendes Herz zu beruhigen. „Das war's."

Die Drachenfrau legte ihr eine Hand auf die Schulter. „Du schaffst das. Und sobald du diesen muskulösen Drachenmann ganz für dich allein hast, wirst du wahrscheinlich an nichts anderes mehr denken können als daran, seinen Schwanz in deine Pussy zu bekommen."

„Bree!" Jennys Wangen glühten.

Sie lachte. „Hey, ein bisschen Necken gehört dazu." Dann wurde sie ernster. „Ich gehe durch die Hintertür. Geh zu ihm und hab Spaß, Jenny. Am Ende wirst du wahrhaftig an ihn gebunden sein – und an MirrorPeak –, für immer, durch euer Kind."

Jenny verdrängte hastig den Gedanken an ein unbekanntes Baby, während sie zum ersten Mal mit Daniel schlafen würde – Erbrechen und volle Windeln waren nicht gerade erotisch –, ging zur Tür und versuchte, ihren Kopf so leer wie möglich zu bekommen.

Doch als sie sie öffnete und Daniel in Jeans und einem verdammt engen T-Shirt vor sich sah, fiel ihr ein wenig die Kinnlade herunter.

Wenigstens sabberte sie nicht. Noch nicht.

Er schmunzelte. „Du tust ja so, als hättest du mich noch nie außerhalb der Klinik gesehen."

Seine Worte holten sie in die Gegenwart zurück. „Na ja, nicht lange genug, wie du weißt. Ich fing schon an zu denken, Krankenhauskittel mit freiem Blick auf deinen Hintern wären der Normalzustand. Wobei ich das ehrlich gesagt vermissen werde."

Er lachte, trat ein, schloss die Tür und drehte sie herum, bis ihr Rücken gegen das Holz stieß. Er senkte den Kopf, und seine Pupillen blitzten auf.

Sie quiekte: „Wie kommt es, dass dein Drache nicht die Kontrolle übernimmt?"

Er rieb seine Nase an ihrer Wange und murmelte: „Oh, er redet ständig davon, dich zu ficken, ja. Aber ich habe mit ihm einen Deal ausgehandelt, dich beim ersten Mal selbst beanspruchen zu dürfen."

Er küsste ihren Kiefer, ihre Wange, ihre Nase und hielt einen Atemzug vor ihren Lippen inne. Sein heißer Atem streifte ihre Haut, und sie musste sich konzentrieren, um zu fragen: „Was für einen Deal?"

Er strich ihr über die Wange, und sie seufzte glücklich. Er murmelte: „Dass er dich danach zweimal hintereinander nehmen darf. Aber danach wechseln wir uns ab."

Vielleicht hätte sie sich Sorgen darüber machen sollen, zweimal hintereinander mit einem Drachen zu schlafen, der darauf versessen war, sie zu schwängern – es würde rauer und schneller sein, hatte Bree gesagt –, doch alles, woran sie denken konnte, war, Daniel endlich zu küssen und zu schmecken.

Sie beugte sich vor, doch er wich einen Zentimeter zurück. Lächelnd sagte er: „Du hast mich zuerst geküsst, um meinen Drachen zu wecken, erinnerst du dich? Diesmal küsse ich dich. So haben wir beide unseren ersten Anspruch geltend gemacht."

Drachen nahmen das mit dem Beanspruchen wirklich sehr ernst.

Doch als Daniel seine Lippen auf ihre legte, verflog jede Vernunft.

Er war zunächst langsam und sanft, neckte nur ihre Lippen. Doch dann strich seine Zunge über ihren Mund, und sie öffnete ihn, und er leckte sie zum ersten Mal besitzergreifend.

Stöhnend lehnte sie sich gegen seinen harten Körper, packte sein Shirt, um ihn an sich zu halten, und kam ihm bei jedem Stoß entgegen, jedem Lecken, verlor sich dabei im Geschmack, in der Hitze, im Besitzergreifen ihres Drachenmannes.

Jenny hätte nie gedacht, dass sie der Typ Frau wäre, der sich einen fordernden Mann wünschte – doch bei Daniel war es ach, so gut.

Er zog sie von der Tür weg, packte ihren Po und zog sie rhythmisch an sich. Sie stöhnte, als ihre Klitoris gegen seinem von der Jeans verhüllten Schwanz rieb. „Davon habe ich geträumt."

Nach einem weiteren tiefen Kuss murmelte er:

„Ich auch. Jede verdammte Sekunde eines jeden verdammten Tages."

Und bevor sie darauf reagieren konnte, hob er sie hoch, und sie schlang die Beine um seine Taille. Bei einem anderen Mann hätte sie vielleicht protestiert, sie könnte zu schwer sein. Doch bei Daniel fühlte sie sich immer sicher, perfekt – ohne jede Sorge, dass er sie fallenlassen könnte.

Sie wusste nicht, wie lange sie einander geküsst und festgehalten hatten, bevor Daniel sich zurückzog und knurrte: „Ich muss dich ins Bett bringen. Jetzt."

„Dann tu es."

Er hielt sie an sich, während er sie ins Schlafzimmer trug. Da sie die letzten zwei Wochen bei Bree gewohnt hatte, war sie noch nie hier drin gewesen. Doch sie hatte keine Zeit, sich die Möbel oder die Deko anzusehen, denn im nächsten Moment hatte Daniel sie auf seinem Bett, ihr Kleid wegrissen und stand mit blitzenden Augen über ihr.

Er strich über ihren Bauch, hoch, höher, bis er ihre Brust umfassen konnte. Er senkte den Kopf, nahm ihre Brustwarze in den Mund und saugte. Kräftig.

Sie bog sich ihm entgegen, spreizte die Beine, wollte mehr als nur seinen Mund an ihrer Brust. Nein, sie wollte endlich seinen Schwanz in sich spüren, wie er sie beanspruchte und all diese Träume und Fantasien wahrmachte, die sie in den letzten beiden Wochen gehabt hatte.

Eine Hand strich über ihre Klitoris, und sie

zuckte. Daniel streichelte langsam über ihre Pussy, auf und ab, um ihren Eingang zu necken, ohne den Punkt zu berühren, wo sie am meisten pochte.

„Hör auf, mich zu necken. Ich habe zu lange darauf gewartet."

Er ließ ihre Brustwarze los und lächelte. „Du hörst dich an wie ein Drachenwandler."

Sie verengte die Augen, und er lachte. „Ehrlich gesagt habe ich ununterbrochen davon geträumt, dich hart zu nehmen – dann langsam und sanft – und dann wieder hart." Er streifte mit einem Hauch von einem Kuss ihre Lippen. „Zeit, meine Gefährtin wirklich zu beanspruchen."

Daniel trat zurück, und sie griff nach ihm. Er schüttelte den Kopf. „Ich muss mich ausziehen, Jenny."

Rasch entledigte er sich seiner Kleidung – verdammt, er war durchtrainiert, überall –, doch ihr Blick blieb an seinem harten, schweren Schwanz hängen, der dabei nickte.

Dann kroch er herüber, bis er auf Händen und Knien über ihr war. „Bereit?"

Sie packte seinen hübschen, festen Po und drückte zu. „Mehr als bereit."

Mit einem Knurren senkte er seinen Körper, bis er auf ihr lag, stützte dabei aber einen Großteil seines Gewichts auf die Arme.

Doch sie konnte spüren, wie sein harter, beeindruckend dicker Schwanz gegen ihren Bauch drückte, und wand sich, während Feuchtigkeit zwischen ihre Schenkel rann.

Er küsste sie, nahm sich Zeit, sie zu lecken und an ihrer Zunge zu saugen und erkundete ihren Mund, bis er schließlich den Kopf hob, um nach Luft zu schnappen. Beide keuchten, und er murmelte: „Ich muss dich bald beanspruchen, sonst bricht mein Drache aus. Aber später – viel später – werde ich dich langsam nehmen, dich mit meiner Zunge necken, bis du flehst, kommen zu dürfen, und es dir dann endlich besorgen.“ Er berührte ihre Wange, sanft und besitzergreifend zugleich. „Und du wirst mir von all deinen Fantasien und Träumen erzählen, damit ich sie wahrmachen kann, Jenny. Doch bis der Rausch vorüber ist, wird der Sex heiß, schnell und ziemlich verzweifelt sein.“

Sie schlang die Arme um seinen Hals. „Klingt perfekt.“

Mit einem Knurren küsste er sie erneut und positionierte seinen Schwanz an ihrem Eingang. Sie war so feucht, so geschwollen, und ihre Klitoris pochte.

Sie wollte diesen Drachenmann, verzweifelt, und sie würde ihn endlich, endlich bald haben.

Er schob sich langsam in sie, und sie keuchte. Er war so verdammt dick. „Daniel.“

„Schh, Liebes. Ich mache erst langsam.“

Jenny war keine Jungfrau mehr, aber es war fast ein Jahr her, dass sie das letzte Mal Sex gehabt hatte, und, verdammt, sie war sich nicht sicher, ob Daniel überhaupt passen würde.

Doch er küsste sie, neckte ihre Brustwarze, strich mit festen, langsamen Zügen über ihre Klitoris –

und bald spreizten sich ihr Beine weiter und weiter. Und als Daniel endlich mit einem Knurren bis zum Anschlag in sie drang, schnurrte sie.

Er knabberte an ihrer Unterlippe. „Du bist so verdammt eng und heiß und perfekt, Liebes. Besser als jeder Traum und jede Fantasie."

Sie hatte keine Zeit, an seinen Worten zu zweifeln, denn Daniel bewegte seine Hüften. Erst langsam, und Jenny konnte nur stöhnen, schreien und ihre Nägel in Daniels Rücken graben.

Er war nicht langsam, neckte sie nicht und tat nichts von dem, was er für später versprochen hatte. Nein, bald schon stieß er fester und fester zu. Das Bett bebte, und sie platzte unwillkürlich heraus: „Fester, Daniel! Hör nicht auf."

Und anders als ihre menschlichen Geliebten hörte er nicht auf. Nein, er küsste sie, während er noch härter zustieß. Nicht wie eine Maschine, sondern bewusst rein und raus. Die Reibung war köstlich, besonders, da sein Becken jedes Mal an ihrer Klitoris rieb.

Sie war noch nie gekommen, weil ein Mann nur in sie hineinstieß, aber Daniel achtete darauf, ihre Klitoris zu treffen, sodass, als sie schließlich seinen Namen stöhnte, eine Orgasmuswelle nach der anderen durch ihren Körper brandete.

Bald darauf hielt er inne. Und wie ihr erzählt worden war, wirbelte sein Samen sie in einen weiteren Orgasmus und bestätigte damit endgültig, dass sie seine wahre Gefährtin war.

Sie wusste nicht, wie lange es so weiter ging,

doch schließlich beruhigte sich ihre Pussy und Daniel hob den Kopf. Die Ehrfurcht und Bewunderung in seinem Blick schossen geradewegs in ihr Herz. Er murmelte: „So war es noch nie."

Und sie wollte ‚gut' sagen, denn sie wollte ihn nicht teilen. Niemals.

Doch Daniels Pupillen verengten sich zu Schlitzen und blieben so. „Ich bin dran."

Sein Drache hatte jetzt das Sagen.

DANIEL HATTE für immer auf Jenny liegen wollen, ihr weicher Körper ein Kissen für seinen festen, sein Schwanz tief in ihrer perfekten Pussy versenkt. Aber er konnte kaum die Kraft aufbringen, ein paar Worte zu murmeln, bevor sein Drache vorne in seinen Kopf stürzte und sagte: *Ich bin dran. Sie ist unsere Gefährtin, unsere. Und sie muss unser Kind tragen, damit alle anderen Männer wissen, dass sie uns gehört, und nur uns.*

Da es Zeitverschwendung war, mitten in einem Gefährtenrausch zu streiten, sagte Daniel nur, *Aber denk daran – zweimal und dann bekomme ich sie wieder. Ich muss sicherstellen, dass sie Essen hat und sich genug ausruht, um weiterzumachen.*

Ich weiß. Ich würde unserer Gefährtin niemals wehtun.

Und dann schob sein Drache Daniel in den Hinterkopf, und alles, was er tun konnte, war zuzusehen, wie sein Drache die Kontrolle über ihren Körper übernahm.

Sein Drache knurrte „Ich bin dran."

Jenny nickte. „Ich weiß. Also beanspruche mich endlich."

Verdammt, sie forderte seinen Drachen heraus. Und auch, wenn das seinem Tier gefiel und es bei ihren Worten fast schnurrte, hoffte er nur, dass es so früh nicht zu grob wäre. *Denk dran, sie war noch nie mit einem Drachenwandler zusammen.*

Sein Tier ignorierte ihn, zog sich heraus und erhob sich dann auf die Knie. Er drehte Jenny auf den Bauch, hob ihre Hüften und versetzte ihr einen Klaps auf den Po.

Und seine Gefährtin hob den Po noch weiter in die Luft, spreizte die Beine und zeigte ihm ihre Pussy.

Wo sie schon feucht glänzte.

Bei dem Anblick knurrte sein Drache, positionierte seinen Schwanz und stieß zu. „Mein Mensch, immer mein. Kein anderer Mann wird dich berühren. Jemals."

Sein Drache zog sich heraus und stieß zu. Er hielt ihre Hüften fest, bewegte sich schnell und kümmerte sich um nichts als seinen Orgasmus, damit er Jenny mit mehr von seinem Samen füllen konnte.

Obwohl sie stöhnte und offensichtlich das harte Ficken seines Drachen mochte, wollte Daniel, dass sie vor ihnen kam. *Du musst ihre Klitoris liebkosen.*

Nein, ich bin dran. Ich will sie nur ficken, immer und immer wieder, bis sie unseren Duft und unser Kind trägt.

Drache, lass sie kommen. Wir müssen uns um sie kümmern, weißt du noch? Alle Gefährten müssen das.

Als sein Tier weiter die Hüften stieß, versuchte Daniel, sich einen anderen Weg einfallen zu lassen, seinen Drachen davon zu überzeugen, sich um die Lust ihrer Gefährtin zu kümmern. Es wäre nicht einfach, wenn man bedachte, dass die Drachenhälfte instinktiver war. Und im Moment ging es seinem Tier nur um die Fortpflanzung.

Doch zu seiner Überraschung legte sein Drache eine Hand um Jennys Front, über ihren weichen Bauch und dann nach unten, bis er gegen ihre Klitoris drücken konnte.

Jenny schrie auf, bog den Rücken durch, packte seinen Schwanz und ließ los, wiederholt, noch intensiver als zuvor.

Vielleicht mochte sie es ein bisschen grober.

Daniel juckte es in den Fingern, seiner Gefährtin Lust zu bereiten, mehr darüber herauszufinden, was sie wollte, und jede ihrer Fantasien zu erfüllen. Doch sein Drache hielt inne, und er kam und ergoss sich wieder und wieder in seine Gefährtin, was seinen Anspruch auf sie besiegelte und sowohl Mensch als auch Tier beruhigte.

Denn ja, sogar Daniel wollte, dass sie seinen Duft trug – was passieren würde, sobald sie schwanger war –, um der Welt zu sagen, dass sie ihm gehörte.

Als sein Drache fertig war, zog er sich heraus, drehte Jenny wieder auf den Rücken und streichelte seinen ohnehin schon wieder hart werdenden Schwanz. Sein Tier sagte: „Nochmal!“

Obwohl Jenny schwer atmete und ihr Gesicht stark gerötet war, zögerte sie nicht, ihre Beine zu spreizen. Als sie eine Hand zu ihrer Klitoris bewegte und sie , stöhnten sowohl Mann als auch Tier.

Sie wurde selbstbewusster. Verdammt, wenn er wieder an der Reihe war, würde es Spaß machen.

Sein Drache verschwendete keine Zeit damit, sie noch einmal zu beanspruchen, und beide kamen innerhalb von Minuten zum Orgasmus.

Unter normalen Umständen hätte Daniel seinen Drachen getadelt. Aber im Moment bedeutete das, dass er an der Reihe war, das Kommando zu übernehmen und sich um seine Gefährtin zu kümmern.

Als sein Drache gekommen war, wehrte er sich nicht mehr gegen Daniel, als der sich vorn in ihren Kopf drängte. Sobald sein Tier sich zusammengerollt hatte, wahrscheinlich, um bis zu nächsten Mal ein kurzes Nickerchen zu machen, lag Daniel neben Jenny, zog sie zu sich und küsste ihre feuchte Stirn. „Und? Wie lautet dein Urteil zum Thema ‚mit einem Drachenmann schlafen‘?“

Sie lächelte, während sie mit dem Flaum auf seiner Brust spielte. „Also hast du wieder das Sagen?“

Er packte ihren Po und drücke ihn besitzergreifend. „Ja. Und? Was meinst du?“

Jenny gähnte und bestätigte damit, was er sich schon gedacht hatte, dass sie eine Pause brauchte, und antwortete: „Ich kann ehrlich sagen, dass es der beste Sex meines Lebens ist. Und nicht nur, weil dein Orgasmus auch meinen eigenen auslöst.“

Er legte einen Finger unter ihr Kinn und neigte ihren Kopf, bis sie ihm in die Augen sah. Bei der Zufriedenheit und dem Glück, das er dort sah, summten sowohl Mensch als auch Tier. „So wird es tagelang sein. Also, wenn du eine Pause brauchst, Essen oder sonst was, musst du es mir sagen. Ja, mein Drache wird verdammt geil sein, bis du schwanger bist, aber er würde dir auch nie absichtlich Schmerzen bereiten.“

Sie lächelte ihn an, was sein Herz erfreute. Er würde dieses Lächeln nie leid werden. „Das werde ich. Ich werde aber definitiv bald ein kleines Powerschläfchen brauchen. Selbst wenn dein Drache ziemlich schnell ist, machen all diese Orgasmen einen schon schläfrig.“ Sie gähnte noch einmal und fügte hinzu: „Ich weiß, dass einige Frauen super energiegeladen sind, aber ich denke, das liegt nur daran, dass sie noch nie mit einem Drachenwandler zusammen waren.“

Er streichelte ihre Hüfte, bis zu ihrem Brustkorb und wieder hinunter. Er würde nie genug davon bekommen, seine Gefährtin zu berühren. „Dann sollst du ein Nickerchen bekommen.“ Er küsste vorsichtig ihre Lippen. „Und nachdem du dich ausgeruht hast, bin ich wieder dran, Liebes. Ich muss vielleicht testen, wie lange mein Drache mich dich necken lässt, bevor ich dich endlich kommen lasse.“

Sie kuschelte sich an ihn. „Vielleicht könnten wir ein Spiel daraus machen. Ich werde schließlich die Grenzen deines Drachen testen müssen."

Sein Tier sagte verschlafen, *Ich werde immer gewinnen.*

Denk das nur weiter, Drache. Denk das nur weiter.

Zu Jenny sagte er: „Er freut sich darauf." Er bemerkte, dass ihr die Augen zufielen, und zog eine Decke über sie beide. „Schlaf, Liebes. Und wenn du was essen willst, wenn du aufwachst, machen wir das. Egal, was passiert, mich um meine Gefährtin zu kümmern wird immer das Wichtigste sein."

Das würde mit dem Schutz seiner zukünftigen Kinder einhergehen. Doch er hatte Jenny nur in diesem Moment, und er würde alles für sie tun.

Sie murmelte: „Ich weiß nicht, wie es so schnell passieren konnte, aber ich glaube, ich liebe dich schon, Daniel Torres."

Ihre Worte wärmten sein Herz, und er wollte sie schon bitten, sie zu wiederholen – nur um sicherzugehen –, doch als er seine Gefährtin ansah, schlief sie tief und fest.

Also hielt er sie einfach, schwelgte in ihrer Hitze und ihrem Duft und schlief auch bald darauf ein und träumte von der Zukunft, die er sich mit seiner wahren Gefährtin wünschte.

Kapitel Sechzehn

Jenny verlor nach den ersten paar Tagen das Zeitgefühl. Es wurde alles zu einem einzigen verschwommenen Strom aus Sex, Essen, Schlafen und sich säubern.

Die Drachenhälfte ihres Drachenmannes war ausgesprochen lustvoll veranlagt, und allzu sehr störte sie das nicht. Der Gefährtenrausch war was Besonderes – etwas, das nur ein einziges Mal zwischen zwei Liebenden geschah, und Daniel hatte ihr versichert, dass sein Drache danach beinahe langweilig werden würde.

Wobei sie stark bezweifelte, dass ein Drache jemals langweilig sein konnte.

Denn, hallo? Er war ein Drache.

Doch als sie sich an Daniels jetzt vertrauten, muskulösen Körper schmiegte, schwebte sie irgendwo zwischen Schlaf und Wachsein und überlegte, ob sie ihre Gedanken einfach treiben lassen oder die Augen öffnen und sich innerlich auf die nächste Runde einstellen sollte.

Eine Hand strich über ihren unteren Rücken, und sie seufzte. Daniel wusste, dass sie wach war. Drachenwandler und ihre übernatürlichen Sinne konnten manchmal wirklich anstrengend sein.

„Ich will noch ein bisschen schlafen."

Seine Hand zog weiter langsame Kreise, als wollte er sie beruhigen. Sie wartete darauf, dass seine Berührung nach unten wanderte, dass er ihren Po packte oder ihre Scham reizte.

Doch stattdessen blieb seine Hand einfach nur tröstlich. Seine tiefe Stimme vibrierte unter ihrem Ohr an seiner Brust.

„Wenn du nur so tust, als würdest du schlafen, um dem Sex zu entgehen, musst du das nicht, Liebes. Es ist vorbei."

Sie atmete scharf ein. „Was?"

„Sieh mich an, Jenny."

Sie öffnete die Augen und begegnete Daniels Blick. Darin fand sie Stolz und Zärtlichkeit und sah etwas leuchten, von dem sie sagen wollte, dass es Liebe war – es aber nicht für möglich hielt.

Trotz ihrer Erschöpfung hatte sie während des Rausches gemerkt, dass sie ihn wirklich liebte. Wahrscheinlich wünschte sie sich deshalb so sehr, dass er genauso empfand.

Er sprach endlich weiter. „Du trägst meinen Duft, Jenny. Und das bedeutet, dass du mein Kind trägst."

Er legte die andere Hand über ihren

Unterbauch, und plötzlich stiegen ihr Tränen in die Augen. Nicht aus Angst oder Traurigkeit. Auch nicht aus irgendeinem negativen Gefühl heraus. Nein – ihr gefiel der Gedanke, dass ein kleines Stück von ihr und Daniel in ihr zu wachsen begann.

Als er sie besorgt musterte, rückte sie ein Stück höher, um ihn küssen zu können.

Sie ließ sich Zeit, neckte seine Lippen, ließ ihre Zunge in seinen Mund gleiten und wieder heraus, kostete ihn einfach, weil sie es wollte.

Schließlich löste sie sich und legte eine Hand an seine Wange. Während sie über den Bartschatten dort strich, sagte sie leise: „Ich kann es kaum erwarten zu sehen, was das nächste Kapitel unseres Lebens bringt, Daniel. Auch wenn ich noch so viel lernen und mich vorbereiten muss, jetzt, wo der Rausch vorbei ist. Ganz sicher lasse ich mir von unserem Kind nichts vormachen, nur, weil ich ein Mensch bin."

Er grinste. „Oh, ich werde dir helfen, Liebes. Und wenn es das versucht, wird es schnell lernen, das lieber zu lassen." Er rieb seine Wange an ihrer. „Im Clan gibt es immer jede Menge Arbeit für alle. Außerdem wird seine Mutter neue Kurse für Drachenwandler über Menschen entwickeln wird – und umgekehrt. Da wird sie im Haushalt sicher Helfer brauchen, um dem gerecht zu werden."

Sie lachte. „Ich habe noch kein einziges Wort geschrieben, geschweige denn eine Gliederung erstellt. Das wird Monate dauern, vielleicht Jahre, um zu erreichen, was ich vorhabe."

„Was perfekt ist. Babys können ihre Eltern schließlich noch nicht in Debatten ausstechen. Das braucht mindestens ein paar Jahre Übung."

Er zwinkerte, und Jenny kicherte bei der Vorstellung eines Babys, das mit Gurren und Glucksen versuchte, einen Streit zu gewinnen. „Das sagst du jetzt. Aber ich erinnere mich noch daran, als meine Neffen klein waren. Du wärst überrascht, was große Augen oder ein Lächeln alles bewirken können – lange bevor sie sprechen können."

Er grunzte. „Ich werde stark bleiben."

Sie verdrehte die Augen. „Wir werden sehen. Unter all den Muskeln steckt ein ganz weicher Kern. Unser Baby wird dich spätestens in der ersten Woche um den Finger wickeln. Wenn nicht am ersten Tag."

Er küsste ihre Nase. „Bis wir uns um irgendwas davon Sorgen machen müssen, haben wir noch reichlich Zeit. Ich habe vor, meine Gefährtin bis zur Entbindung nach Strich und Faden zu verwöhnen, Liebes. Du gehörst mir – ich werde dich beschützen, dich verwöhnen und dich lieben." Bei seinem letzten Wort biss sie sich beinahe auf die Lippe und überlegte, ihm zu sagen, was sie fühlte.

In ihrem bisherigen Leben war immer sie diejenige gewesen, die sich zuerst verliebt hatte – und das hatte ihren letzten Ex verschreckt.

Doch dann fiel ihr ein, dass Daniel anders war, dass er sich immer um sie gekümmert hatte, sie beschützt und nie versucht hatte, sie sich schlecht fühlen zu lassen.

Gut – Sticheleien während eines Spiels zählten nicht. Da schenkten sie sich beide nichts.

Allein die Erinnerung an ihre letzte Partie Uno vor dem Rausch – ein geradezu episches Gefecht – brachte sie zum Lächeln.

Daniel küsste ihren Mundwinkel. „Sag mir, dass dieses Lächeln irgendetwas mit mir zu tun hat.“

Sie lachte. „Jetzt bin ich versucht, das Gegenteil zu behaupten.“ Er versetzte ihr einen Klaps auf den Po, und sie fügte schnell hinzu: „Okay, okay – ja, es hatte mit dir zu tun. Ich habe an unser letztes Uno-Spiel gedacht. Du musst zugeben, es war intensiv. Und ziemlich lustig.“

Er lachte leise. „Ich glaube, du hast mich ein hinterlistiges Arschloch genannt, weil ich dich so viele Karten hab‘ ziehen lassen.“

Sie stach ihm mit dem Finger in die Brust. „Wenn man bedenkt, dass du versucht hast, ein paar unter der Decke zu verstecken, dann ja – hinterlistiges Arschloch.“

Sie sahen einander an und lächelten. Und in diesem Moment beschloss Jenny, keine Angst mehr zu haben. „Ich liebe dich, Daniel Torres. So sehr, dass es manchmal wehtut.“

Seine Pupillen blitzten ein paarmal, bevor er ihre Lippen küsste. „Ich liebe dich auch, Jenny Hartmann. Mit dir fühlt sich alles heller an. Mit dir will ich besser sein, Jenny, und alles tun, was in meiner Macht steht, um dich zum Lächeln zu bringen. Du bist meine andere Hälfte, Liebes. Und ich kann es kaum erwarten, dich offiziell zu meiner Gefährtin zu machen.“

Obwohl ihr Herz vor Glück überquoll, konnte sie sich das Necken nicht verkneifen.

„Du hast mich offiziell noch gar nicht gefragt.“

Mit einem Knurren drehte er sie auf den Rücken, hielt ihr die Arme über dem Kopf fest und knabberte an ihrem Kiefer. „Du kleine Hexe.“

Sie wand sich und versuchte, nicht zu lachen. „Es stimmt aber doch. Wahrscheinlich ist es das einzige Mal in meinem Leben, dass mich jemand fragt, ob ich ihn heiraten oder mich mit ihm paaren will, und ich möchte eine schöne Erinnerung daran haben.“

Er knurrte. „Es *wird* das einzige Mal sein.“

Sie lächelte über seinen grimmigen Tonfall. „Ich warte immer noch.“

Er küsste sie – grob und besitzergreifend –, erforschte jeden Winkel ihres Mundes, raubte ihr mit jeder Sekunde mehr den Atem. Dann löste er sich, rollte aus dem Bett, ging auf ein Knie und nahm ihre Hand. „Ich glaube, so machen Menschen das. Zumindest den Filmen zufolge.“

Bei dem Anblick, wie er vor ihr kniete, traten ihr Tränen in die Augen. „Ja. Wobei wir den Teil, dass wir nackt sind, vielleicht aus der Geschichte streichen sollten.“

Sein Blick glitt über ihre entblößten Brüste, die durch die verrutschte Decke frei lagen. „Ich finde, du solltest immer nackt sein, wenn wir allein sind.“

Sie schüttelte den Kopf. „Ich kenne diesen Blick.

Jetzt beeil dich und frag mich, damit du, dein Drache und ich das hier im Bett feiern können."

Daniel küsste ihren Handrücken und sagte mit fester Stimme: „Als ich dich mitten auf dieser vereisten Straße schreien und neben einem Auto namens alte Bess sitzen sah, hatte ich keine Ahnung, dass ich gerade meine Zukunft gefunden hatte. Obwohl ich vom ersten Moment an, als ich dich in meinen Armen hielt, wusste, dass ich dich begehrte, war mir erst, als ich dich kennenlernte, klar, dass das Schicksal mir genau die richtige Frau geschickt hatte. Du holst meine verspielte Seite hervor, hast keine Angst, mich zu necken oder meinem Knurren die Stirn zu bieten, und du akzeptierst sogar die lustvollen Eigenheiten meines Drachen. Du bist alles, was ich mir je gewünscht habe – und wir stehen erst am Anfang unserer gemeinsamen Reise. Am Ende werde ich ein ganzes Buch voller Gründe haben, dich zu lieben. Also, Jenny Hartmann – willst du meine Gefährtin werden?"

Sie schniefte, bemüht, nicht loszuweinen. „Das war wunderschön, Daniel." Er zwinkerte, und sie lachte – er versuchte eindeutig, die Stimmung aufzulockern. „Ja. Ich werde deine Gefährtin. Trotz deiner Griesgrämigkeit, deiner übertriebenen Fürsorglichkeit und obwohl du meine alte Bess beleidigt hast – möge sie in Frieden ruhen –, bist du freundlich, verständnisvoll, verspielt und der Ruhepol im Sturm, den ich manchmal brauche. Ich hätte nie gedacht, dass ein Drachenwandler mein perfekter Gefährte oder Ehemann sein könnte –, und doch kann ich mir nicht vorstellen, mit jemand anderem alt zu werden. Ich liebe dich, Daniel Torres. Willst du mein Gefährte werden?“

Er grinste. „Ich habe nicht erwartet, selbst gefragt zu werden. Vielleicht solltest du auch auf ein Knie runtergehen.“ Sie verengte die Augen, und er lachte. „Natürlich werde ich dein Gefährte.“ Er stand auf, legte sich neben sie und murmelte: „Vor allem, weil du mich nicht hast versprechen lassen, in Zukunft nie wieder beim Kartenspielen zu schummeln.“

Sie kicherte, und er küsste sie. Kurz darauf war er in ihr und liebte sie langsam, sanft – als wollte er diesen Moment für immer festhalten.

Und als sie schließlich einschliefen und sich leise „Ich liebe dich“ zuflüsterten, wusste Jenny, dass sie ihr Happy End gefunden hatte – eines, von dem sie nie gewusst hatte, dass sie es sich wünschte.

Epilog

Vier Jahre später

Jenny ging im Wohnzimmer auf und ab. Sie wusste, dass sie tausend Dinge zu erledigen hatte, konnte sich aber auf nichts davon konzentrieren.

Denn heute sollten die finalen Belegexemplare ihrer ersten Lehrbuchreihe über Drachenwandler für die Mittelstufe eintreffen.

Eigentlich hatte sie mit den jüngeren Klassen beginnen wollen. Doch Daniel und ihre Schwester hatten sie überzeugt, dass gerade in der Mittelstufe die Inhalte am intensivsten, umfangreichsten und vermutlich auch am prägendsten besprochen wurden. Also hatte sie dort angefangen.

Und obwohl sie zwei Kinder unter vier Jahren hatte, hatte sie es geschafft – eine dreibändige Reihe zu schreiben, gefüllt mit der Wahrheit über Drachenwandler. Keine Verschwörungstheorien mehr. Keine Gerüchte. Keine Pseudo-Gutenachtgeschichten, die Menschen Angst machen sollten.

Ihre Schwester Jessica wiegte Jennys jüngstes Kind – ihre Tochter Sofia – sanft im Arm. Da das Baby gerade erst eingeschlafen war, sprach Jessica leise. „Du kennst jedes einzelne Wort in diesen Büchern in- und auswendig. Himmel, ich kenne sie inzwischen auch. Und du hast großartige Arbeit geleistet, Jenny. Warum bist du also so nervös?"

Jenny zuckte mit den Schultern. „Sie könnten immer noch was umgeschrieben oder gestrichen haben."

Jessica hob die Augenbrauen. „Nicht bei dem Vertrag, den mein Mann für dich ausgehandelt hat."

Jenny klopfte nervös mit der Hand gegen ihren Oberschenkel. „Aber —"

„Nein. Hör auf, Jenny. Sie werden großartig sein und hübsch anzusehen. Und sie werden wirklich helfen, die Kluft zwischen meinen Kindern und deinen zu überbrücken – und für Familien in den ganzen USA, die aus Menschen und Drachenwandlern bestehen. Und nicht nur das: Sie werden langfristig Menschen und Drachen näher zusammenbringen."

„Ich hoffe es."

In diesem Moment ging die Haustür auf, und Daniel kam herein, eine Kiste unter einem Arm, auf dem anderen ihr dreijähriger Sohn Camden. Er streckte ihr seine Ärmchen entgegen. „Mommy!"

Daniel hätte beinahe geseufzt – wie immer. Camden hing eindeutig sehr an seiner Mama, während ihre Tochter langsam zum absoluten Papa-Kind wurde. Ausgleichende Gerechtigkeit. Sobald Jenny ihren Sohn im Arm hatte, küsste sie seine Wange und fragte Daniel: „Ist sie das?"

Er nickte, stellte die Kiste auf dem Beistelltisch im Eingangsbereich ab und riss das Klebeband auf. Dann hielt er inne. „Soll ich dir die Ehre überlassen?"

Camden sabberte begeistert auf dem Plastikauto in seinem Mund herum, und Jenny lächelte. „Mach du das besser. Ich weiß, dass sie nicht lange sabberfrei bleiben, aber bis ich Fotos für alle gemacht habe, möchte ich es wenigstens versuchen."

Ihr Sohn schmiegte sich an ihre Brust, und sie legte die Wange auf seinen Kopf.

„Ich liebe dich, Cam. Mit Sabber und allem."

Daniel zog das Verpackungspapier zurück und hob das erste Buch hoch, sodass sie das Cover sehen konnte. Der Titel prangte groß darauf: „Eine Einführung zu Drachenwandlern: Grundlagen". Darunter war ein Foto von Drachen in Formation am Himmel.

Das Bild zeigte einige Mitglieder ihres Clans. MirrorPeak hatte sie größtenteils unterstützt. Und selbst jetzt arbeitete sie noch daran, die letzten

Skeptiker zu überzeugen und sie für sich zu gewinnen.

Sie und ihre Schwester kamen näher, und Jenny sagte: „Schlag es auf, Daniel."

Das tat er und blätterte langsam durch die Seiten. Das Licht spiegelte sich auf der glänzenden Oberfläche, und Jennys Augen füllten sich mit Tränen. „Es ist so schön."

Ihr Gefährte hielt inne, senkte den Kopf und küsste sie. „Du bist schöner."

Sie lachte. „Immer noch der Charmeur."

Daniel zwinkerte, und sie rutschte ihren Sohn im Arm zurecht. „Leg sie irgendwohin, wo sie sicher sind – wenigstens bis heute Abend."

Ihre Schwester meldete sich zu Wort. „Ich kann auf die Kinder aufpassen, wenn ihr beide sie in Ruhe durchsehen wollt."

Jenny schüttelte den Kopf. „Nein, ist schon gut. Es wird besser sein, sie heute Abend beim Fest mit dem Clan gemeinsam zu erleben. Schließlich hätte ich das alles ohne ihre Hilfe nie geschafft."

Das stimmte. Dem Clanführer hatte ihre Idee gefallen, und er hatte einige Mitglieder überzeugt, ihr bei Recherchen zu helfen und ihre Fragen zu beantworten.

Sogar die Kinder des Clans hatten mitgewirkt und erzählt, wie es war, zum ersten Mal mit ihrem Drachen zu sprechen.

Sie konnte es kaum erwarten, dass ihre Kinder, Camden und Sofia, das selbst erlebten.

Ihr Sohn wand sich, und Jenny merkte, dass er

runter wollte. Sie setzte ihn auf den Boden, und er lief sofort zu seiner Tante, um ihr Bein zu umarmen. „Tante Jessie! Spiel mit mir!“

Camden hielt sein Auto hoch, und ihre Schwester lächelte ihn an. „Aber nur, wenn ich die lila Autos haben darf.“

Ihr Sohn verzog das Gesicht. „Die lila Autos gewinnen aber immer.“

Jessica nickte ernst. „Stimmt. Wie wäre es, wenn wir beide die Augen schließen und jeder zwei aus der Kiste zieht? Das wäre gerechter, oder?“

Camden nickte. „Komm schon, Tante. Autos spielen!“

Ihre Schwester übergab Sofia vorsichtig wieder an Jenny, um das Baby nicht zu wecken, und nahm Camden mit nach oben in sein Zimmer.

Sofort legte Daniel einen Arm um Jennys Schultern und beugte sich hinunter, um zuerst ihre Wange und dann die ihrer Tochter zu küssen. „Allein mit meinen zwei Frauen. Wie soll ich sie dieses Mal verwöhnen?“

Jenny lehnte den Kopf an seine Schulter. „Lass uns das einfach ein paar Minuten genießen. Ich liebe unsere Kinder – aber manchmal sind ein paar Minuten Ruhe in den Armen meines Gefährten der pure Himmel.“

Gemeinsam sahen sie auf ihre schlafende Tochter hinab und schwiegen zufrieden, einfach glücklich in der Nähe des anderen.

Denn selbst nach all den Jahren – Daniels Schummeleien bei Spielen, seinem Necken, seiner manchmal fast übertriebenen Beschützerhaltung ihr gegenüber und den Kindern – liebte sie ihn mehr denn je. Und gerade heute, wo ein weiterer ihrer Träume wahr geworden war, musste sie es sagen. „Ich liebe dich, Daniel."

Er drückte sanft ihre Schulter. „Ich liebe dich mehr."

Als sie einander ansahen und lächelten, überlegte Jenny kurz, dagegenzuhalten – aber dann küsste er sie sanft und zugleich gründlich, vorsichtig genug, um das Baby nicht zu wecken, und sie vergaß alles andere außer dem Geschmack ihres Gefährten.

Noch immer hielt sie sich für die glücklichste Frau der Welt, weil ausgerechnet er sie damals im Schnee gestrandet gefunden hatte. Und sie standen noch immer am Anfang ihres gemeinsamen Happy Ends.

Bonusepilog

Daniel Torres lenkte den Wagen vor die Hütte – genau die, in die er Jenny damals gebracht hatte, nachdem er sie aus der Kälte gerettet hatte –, und sein fast neunjähriger Sohn Camden sagte sofort: „Das ist sie? Das ist die besondere Hütte, in der du und Mom euch kennengelernt habt? Die ist ja winzig."

Er lächelte. Obwohl sein Clanführer angeboten hatte, das Gebäude zu streichen oder zu verschönern – besonders, nachdem sie die Grenzen des Clans erweitert und gegen mögliche Bedrohungen gesichert hatten –, hatte Daniel abgelehnt. Die Hütte gehörte noch immer dem Clan, aber jedes Jahr, um den Tag zu feiern, an dem er Jenny kennengelernt hatte, brachte er seine Familie hierher.

Natürlich nahm er sich auch privat Zeit mit seiner Gefährtin, um ihren eigentlichen Paarungszeremonietag zu feiern. Aber ihre allererste Begegnung war der Anfang der Geschichte ihrer Familie gewesen, und er wollte, dass alle daran teilhatten.

Seine sechsjährige Tochter Sofia hüpfte auf ihrem Sitz. „Ich mag sie! Und die Bäume! Und du hast gesagt, da ist ein Bach in der Nähe, Daddy?"

Er stellte den Motor ab und drehte sich zu ihr um. „Ja, Kleines. Aber da gehen wir morgen hin, wenn die Sonne nicht gerade untergeht."

Sein Sohn seufzte. „Im Sommer wäre es so viel besser hier. Es ist wärmer, die Bäume sehen nicht tot aus, und es gibt mehr Tiere."

Jenny – im sechsten Monat schwanger mit ihrem überraschenden dritten Kind – bemühte sich, einen Hauch von Autorität in ihre Stimme zu legen, so wie Daniel es ihr beigebracht hatte. „Worauf haben wir uns geeinigt, bevor wir hergekommen sind?"

Ihr Sohn stöhnte. „Nicht der Vertrag."

Jenny nickte. „Doch. Der Vertrag."

Daniel musste sich zusammenreißen, um nicht über die übertrieben theatralische Art seines Sohnes zu lachen. Sein Drache meldete sich. *Ich stimme Camden zu. Das ist dumm.*

Er liebt es, jedes einzelne Schlupfloch zu finden, das es gibt. Also müssen wir alles schriftlich festhalten, bis er da rauswächst.

Sein Tier schnaubte innerlich. *Im Sommer wäre es* trotzdem *schöner.*

Aber nicht so besonders.

Da sein Drache nicht weiterdiskutieren wollte,

rollte er sich in Daniels Geist zusammen und schlief ein.

Jennys Stimme holte seine Aufmerksamkeit zum Wagen zurück. „MirrorPeak ist so nett, uns dieses Haus nutzen zu lassen. Also sollten wir dankbar sein. Außerdem brauchen sie es im Sommer als Basis für Such- und Rettungseinsätze."

Camden murmelte: „Wahrscheinlich."

Daniel griff ein. „Ich weiß ja nicht, wie es euch geht, aber ich will reingehen und ein Feuer machen. Vielleicht brauche ich Hilfe."

Sein Sohn setzte sich kerzengerade hin. „Lass mich helfen, Dad! Ich will es allein versuchen. Du hast gesagt, ich bin alt genug dafür – und auch, ein kleines Stück Holz zu hacken."

Sofia verschränkte die Arme vor der Brust. „Ich will das auch!"

Camden schüttelte den Kopf. „Du bist noch ein Baby, Sofia. Du musst warten, bis du groß bist – so wie ich."

„Ich bin kein Baby!"

„Doch, bist du!"

„Bin ich nicht!"

Camden rieb sich demonstrativ die Augen und heulte übertrieben, so wie er glaubte, dass Babys es machten.

Manchmal war es schwer, nicht zu lachen – aber das durfte Daniel auf keinen Fall, sonst würde er sich das ewig anhören müssen.

Also klatschte er in die Hände, und beide Kinder verstummten. „Ihr wisst, dass es eurer Mom in letzter Zeit nicht so gut geht. Also benehmt euch bitte, okay?“

Beide Kinder sahen schuldbewusst aus. Jedes Mal, wenn Jenny sich übergeben musste, machten sie sich Sorgen – sowohl seine menschliche als auch seine Drachenhälfte.

Sofia murmelte: „Tut mir leid, Mommy.“

Gleichzeitig sagte Camden: „Tut mir leid, Mom.“

Jenny lächelte und hauchte ihnen jeweils einen Handkuss zu. „Alles gut. Jetzt lasst uns reingehen. Sofia, du kannst mir helfen, alles für S’mores vorzubereiten, während die beiden das Feuer machen.“ Sie senkte verschwörerisch die Stimme. „Vielleicht müssen wir jede Zutat probieren, nur um sicherzugehen, dass sie noch gut sind.“

Sofia hüpfte auf ihrem Platz. „Ja, Mommy, das machen wir!“

Sein Sohn verzog das Gesicht, beschwerte sich aber nicht. Das war wirklich der Beweis dafür, wie unbedingt er das Feuer machen wollte.

Sein Drache murmelte schläfrig: *Er will dich beeindrucken. Also mach eine große Sache daraus.*

Seit wann bist du Experte für Kinder?

Ich höre Jenny zu. Sie hat mir gesagt, ich soll dich daran erinnern.

Er sah zu seiner Gefährtin, die mühsam ausstieg, und legte eine Hand auf ihre Schulter. „Warte, ich helfe dir.“

Daniel lief um den Wagen herum, half Jenny

vorsichtig heraus und zog sie in seine Arme. „Wenn wir zurückfahren müssen, sag es einfach."

Sie schüttelte den Kopf. „Nein, nein, mir geht's gut. Aber das wird unser letztes Kind sein, Daniel. Bei den anderen war mir nicht so übel, und ich war nicht so erschöpft. Und so fett war ich auch nicht."

„Du bist nicht fett Du bist perfekt."

Sie schnaubte. „Auch mit meinen geschwollenen Knöcheln, die einem Mammut Konkurrenz machen könnten?"

Er hob ihr Kinn an, und seine Liebe spiegelte sich offen in seinem Blick. „Jeder einzelne Zentimeter von dir. Ich würde nichts ändern." Er küsste sie kurz, bevor er hinzufügte. „Na gut – vielleicht deine guten Augen. Dann könnte ich endlich mal beim Kartenspielen schummeln und gewinnen."

Sie lachte, versetzte ihm einen Klaps auf die Brust und erwiderte: „Auf keinen verdammten Fall wird das passieren."

Camden kicherte. „Du hast verdammt gesagt! Du hast verdammt gesagt!"

Jenny seufzte, und Daniel hielt irgendwie sein Gesicht neutral. „Rein mit dir und bereite alles fürs Feuer vor. Oder soll ich es doch selbst machen?"

Sein Sohn rannte ins Haus und wiederholte immer noch mit einer Singsangstimme: „Du hast verdammt gesagt!", während Sofia ihm folgte und ihm sagte, er solle aufhören.

Sobald sie allein waren, legte Daniel seine Hand an Jennys Wange. „Ich liebe dich." Er küsste sie und half ihr dann ins Haus. Und nachdem Camden – ganz allein – das Feuer entfacht hatte und sie alle Marshmallows für S'mores geröstet hatten, konnte Daniel nicht umhin, als über seine kleine Familie zu lächeln. Ihre Geschichte hatte in dieser Hütte begonnen. Und mit jedem Jahr, das verging, kamen neue Erinnerungen an diesen Ort und neue Kapitel hinzu. Mehr konnte er sich nicht wünschen.

Die Überraschung des Drachen

DIE GEFÄHRTEN DER TAHOE-DRACHEN #7

Dr. Kyle Baker hat als junger Arzt einen beinahe tödlichen Fehler gemacht – und seitdem hat er sich vom Clan isoliert, um sich ausschließlich auf seine Arbeit und das Retten von Leben zu konzentrieren. Er liebt Ordnung, Routine und in Ruhe gelassen zu werden. Als jedoch eine Mitarbeiterin des Pflegedienstes für Drachenwaisen – des Dragon Orphan Care Service (DOCS) – in MirrorPeak auftaucht und behauptet, er habe einen sechsjährigen Sohn, glaubt er ihr kein Wort. Doch ein einziger Blick reicht, um zu wissen: Ethan ist sein Sohn. Der Junge wurde nicht nur von seiner Mutter im Stich gelassen, er ist auch noch als Mensch aufgewachsen. Nun ist es an ihm, seinem Sohn beizubringen, was es bedeutet, ein Drachenwandler zu sein.

Lexi Sakamoto hat ihr Leben der Aufgabe gewidmet, verwaisten Drachenkindern ein dauerhaftes Zuhause zu vermitteln. Sie ist es gewohnt, hingehalten zu werden. Doch als ein Drachenarzt in MirrorPeak nicht auf ihre Versuche reagiert, Kontakt aufzunehmen, sucht sie ihn persönlich auf – fest entschlossen, ihn zur Rede zu stellen. Während Kyle langsam beginnt, seinen Sohn kennenzulernen, bleibt sie vor Ort, um sich zu vergewissern, dass es wirklich funktioniert. Was sie unter keinen Umständen tun darf, ist zu bemerken, wie einsam – und zugleich charmant – dieser Drachenmann ist. Denn wenn sie das tut, könnte sie ihren Job verlieren.

Während sie gemeinsam Ethan helfen und vorsichtig umeinander herumtanzen, steht plötzlich Gefahr vor ihrer Tür. Und als Kyle plötzlich sowohl Lexi als auch Ethan verlieren könnte, erkennt er, welche Zukunft er sich wirklich wünscht – eine mit beiden an seiner Seite. Wird er seine Gefährtin und seinen Sohn retten können? Oder wird er am Ende alles verlieren?

Über die Autorin

Jessie Donovan hat mehr als eine halbe Million Bücher verkauft, Hunderttausende weitere kostenlos an ihre Leser*Innen verschenkt und es sogar auf die Bestsellerlisten der *NY Times* und *USA Today* geschafft. Sie ist vor allem für ihre Drachenwandler-Serie bekannt, schreibt aber auch über Elfenhexen, Vampire, Alien-Krieger und hat sogar eine verrückt-komische Liebesromanreihe aufgelegt, die in Schottland spielt. Wenn sie nicht gerade ein Buch liest, auf ihrem Laufband joggt oder mit nur wenigen Groschen in der Tasche durch ein fremdes Land reist, findet man sie oft auf Facebook oder TikTok, wo sie mit ihren Lesern interagiert. Sie lebt in der Nähe von Seattle. Dort regnet es zwar oft, doch der Regen macht auch alles grün.

Besuchen Sie ihre Website unter: www.JessieDonovan.com

www.ingramcontent.com/pod-product-compliance
Lightning Source LLC
LaVergne TN
LVHW090606110826
845146LV00001B/286

* 9 7 9 8 8 9 1 5 6 0 9 6 3 *